Tucholsky Wagner Zola Scott Sydow Freud Schlegel
Turgenev Fonatne Wallace Walther von der Vogelweide Fouqué Friedrich II. von Preußen
Twain Weber Freiligrath Frey
Kant Ernst
Fechner Fichte Weiße Rose von Fallersleben Richthofen Frommel
Hölderlin
Engels Fielding Eichendorff Tacitus Dumas
Fehrs Faber Flaubert Eliasberg Ebner Eschenbach
Feuerbach Maximilian I. von Habsburg Fock Zweig Vergil
Ewald Eliot
Goethe Elisabeth von Österreich London
Mendelssohn Balzac Shakespeare Dostojewski Ganghofer
Lichtenberg Rathenau Doyle Gjellerup
Trackl Stevenson Hambruch
Mommsen Tolstoi Lenz Droste-Hülshoff
Thoma Hanrieder
Dach von Arnim Hägele Hauff Humboldt
Verne
Karrillon Reuter Rousseau Hagen Hauptmann Gautier
Garschin
Damaschke Defoe Hebbel Baudelaire
Descartes Hegel Kussmaul Herder
Wolfram von Eschenbach Dickens Schopenhauer
Darwin Melville Grimm Jerome Rilke George
Bronner Aristoteles Bebel Proust
Campe Horváth Voltaire Federer Herodot
Bismarck Vigny Barlach
Gengenbach Heine
Storm Casanova Tersteegen Grillparzer Georgy
Chamberlain Lessing Langbein Gilm Gryphius
Brentano Lafontaine
Claudius Schiller Kralik Iffland Sokrates
Strachwitz Schilling
Katharina II. von Rußland Bellamy Raabe Gibbon Tschechow
Gerstäcker
Löns Hesse Hoffmann Gogol Wilde Vulpius
Luther Heym Hofmannsthal Gleim
Roth Klee Hölty Morgenstern Goedicke
Heyse Klopstock Kleist
Luxemburg Puschkin Homer Mörike Musil
La Roche Horaz
Machiavelli Kierkegaard Kraft Kraus
Navarra Aurel Musset Moltke
Nestroy Marie de France Lamprecht Kind Kirchhoff Hugo
Laotse Ipsen Liebknecht
Nietzsche Nansen Ringelnatz
Marx Lassalle Gorki Klett Leibniz
von Ossietzky May vom Stein Lawrence Irving
Petalozzi Knigge
Platon Kafka
Sachs Poe Pückler Michelangelo Kock
de Sade Praetorius Mistral Liebermann Korolenko
Zetkin

Der Verlag tredition aus Hamburg veröffentlicht in der Reihe **TREDITION CLASSICS** Werke aus mehr als zwei Jahrtausenden. Diese waren zu einem Großteil vergriffen oder nur noch antiquarisch erhältlich.

Symbolfigur für **TREDITION CLASSICS** ist Johannes Gutenberg (1400 — 1468), der Erfinder des Buchdrucks mit Metalllettern und der Druckerpresse.

Mit der Buchreihe **TREDITION CLASSICS** verfolgt tredition das Ziel, tausende Klassiker der Weltliteratur verschiedener Sprachen wieder als gedruckte Bücher aufzulegen – und das weltweit!

Die Buchreihe dient zur Bewahrung der Literatur und Förderung der Kultur. Sie trägt so dazu bei, dass viele tausend Werke nicht in Vergessenheit geraten.

Lokis

Prosper Mérimée

Impressum

Autor: Prosper Mérimée
Übersetzung: Paul Hansmann
Umschlagkonzept: toepferschumann, Berlin

Verlag: tredition GmbH, Hamburg
ISBN: 978-3-8424-0952-1
Printed in Germany

Rechtlicher Hinweis:
Alle Werke sind nach unserem besten Wissen gemeinfrei und unterliegen damit nicht mehr dem Urheberrecht.

Ziel der TREDITION CLASSICS ist es, tausende deutsch- und fremdsprachige Klassiker wieder in Buchform verfügbar zu machen. Die Werke wurden eingescannt und digitalisiert. Dadurch können etwaige Fehler nicht komplett ausgeschlossen werden. Unsere Kooperationspartner und wir von tredition versuchen, die Werke bestmöglich zu bearbeiten. Sollten Sie trotzdem einen Fehler finden, bitten wir diesen zu entschuldigen. Die Rechtschreibung der Originalausgabe wurde unverändert übernommen. Daher können sich hinsichtlich der Schreibweise Widersprüche zu der heutigen Rechtschreibung ergeben.

»Theodor,« sagte Herr Professor Wittembach, »wollen Sie mir bitte das in Pergament gebundene Heft aus dem zweiten Fache über dem Schreibtische geben; nein, das nicht, sondern den Kleinoktavband. Darin hab' ich alle meine Tagebuchnotizen von eintausendachthundertsechsundsechzig, wenigstens die den Grafen Szemioth betreffenden, gesammelt.«

Der Professor setzte seine Brille auf und las inmitten tiefsten Schweigens folgendes:

LOKIS

mit dem lithauischen Sprichworte als Motto:

Abu du tokiu.
Mizka su Lokiu[1]

---

[1] Zwei bilden ein Paar; wörtlich: Michel (Michael) und Lokis, beide ein und derselbe. Michaelium cum Lokide , ambo (duo) ipsissimi.

I.

Als in London die erste Bibelübertragung in lithauischer Sprache erschien, veröffentlichte ich in der Königsbergischen Zeitschrift für Literatur und Wissenschaften einen Aufsatz, in welchem ich, den Bemühungen des gelehrten Vermittlers und den gottesgefälligen Absichten der Bibelgesellschaft volle Gerechtigkeit zubilligend, auf einige kleine Versehen glaubte hinweisen zu müssen; und außerdem machte ich darauf aufmerksam, daß diese Übersetzung nur einem verschwindend kleinen Teile der Bevölkerung dienlich sein könne. Tatsächlich ist der angewendete Dialekt nur schwer verständlich für die Bewohner der Gegenden, wo man die schamaitische, gewöhnlich shmudisch genannte Sprache, redet, will sagen in der Woiwodschaft Samogitien. Es ist das eine Sprache, die dem Sanskrit etwa noch näherkommt als dem Hochlithauischen. Trotz der wütenden Kritiken seitens eines gewissen, an der Universität Dorpat wohlbekannten Professors, die sie mir eintrug, klärte sie die ehrenwerten Mitglieder des Verwaltungsrates der Bibelgesellschaft auf, und sie säumte nicht, mir das schmeichelhafte Angebot zu machen, die Herausgabe des Matthaeusevangeliums in Samogitisch zu überwachen. Damals war ich zu sehr mit meinen Studien über die transuralischen Sprachen beschäftigt, um eine weitläufigere Aufgabe, welche die vier Evangelien umfassen sollte, zu übernehmen. Meine Hochzeit mit Fräulein Gertrude Weber also verschiebend, begab ich mich mit der Absicht nach Kowno (Kaunas), alle gedruckten oder handschriftlichen Sprachdenkmäler der shmudischen Sprache, die ich mir verschaffen konnte, zu sammeln, ohne natürlich die Volkslieder, die Dainos, die Erzählungen und Legenden, die Pasakos dabei zu vergessen, die mir Belege für ein schamaitisches Wörterbuch, eine Arbeit, die der Übersetzung notwendigerweise vorausgehen mußte, liefern konnten.

Man hatte mir einen Brief für den jungen Grafen Michael Szemioth mitgegeben, dessen Vater, wie man mir versicherte, den berühmten Katechismus Samogiticus des Paters Lawicki besessen hatte, der so selten ist, daß sein Vorhandensein besonders von dem eben erwähnten Dorpater Professor bestritten wird. In seiner Bibliothek befand sich, mir gegebenen Auskünften gemäß, eine alte Sammlung Dainos, sowie Dichtungen in der alten Preußensprache.

Ich hatte an den Grafen Szemioth geschrieben, um ihm meinen Besuchszweck mitzuteilen, und erhielt die liebenswürdigste Einladung, all die für meine Nachforschungen erforderliche Zeit in seinem Schlosse Medintiltas zu verbringen. Er schloß seinen Brief mit der in liebenswürdigster Weise abgegebenen Erklärung: da er sich schmeichle, fast so gut wie seine Bauern shmudisch zu sprechen, würde es ihm Freude machen, seine Bemühungen mit meinen für eine Aufgabe zu vereinen, die er groß und interessant nannte. Wie einige der reichsten Grundbesitzer Lithauens bekannte er sich zur evangelischen Religion, deren Geistlicher zu sein ich die Ehre habe. Vorher mitgeteilt hatte man mir, der Graf sei nicht frei von einer gewissen Sonderbarkeit des Charakters, übrigens sehr gastfrei, ein Freund von Litteratur und Wissenschaft, und besonders wohlwollend denen gegenüber, die sie pflegten. Ich reiste also nach Medintiltas.

Auf der Freitreppe des Schlosses wurde ich von des Grafen Intendanten empfangen, der mich sofort in die für meine Aufnahme bereitgestellten Räume führte.

»Dem Herrn Grafen,« sagte er, »tut es unendlich leid, heute mit dem Herrn Professor nicht speisen zu können. Er wird von Migräne geplagt, einer Krankheit, der er leider öfters ausgesetzt ist. Wenn Herr Professor sich nicht in seinem Zimmer auftragen lassen wollen, wird er mit Herrn Doktor Fröber, dem Arzte der Frau Gräfin, speisen. Man ißt in einer Stunde. Eines besonderen Anzuges bedarf es nicht, wenn Herr Professor Befehle zu geben haben, hier ist die Klingel.«

Mit einer tiefen Verbeugung zog er sich zurück.

Das Gemach war sehr groß, gut ausgestattet, mit Spiegeln und Vergoldungen geschmückt. Auf der einen Seite hatte ich den Blick in einen Garten, oder vielmehr den Schloßpark, auf der anderen in den großen Schloßhof. Trotz der Benachrichtigung: »Besonders zieht man sich nicht dazu an« glaubte ich meinen schwarzen Anzug doch aus dem Koffer nehmen zu müssen. Ich war hemdärmlig mit Auspacken meines kleinen Gepäcks beschäftigt, als ein Wagenlärm mich an das auf den Hof führende Fenster zog. Eine schöne Kutsche fuhr eben ein. In ihr saßen eine Dame in Schwarz, ein Herr und eine wie lithauische Bäuerinnen gekleidete Frau, die aber so groß und kräftig war, daß ich anfangs versucht war, sie für einen verkleideten Mann zu halten. Sie stieg zuerst aus; zwei andere, dem Aussehen nach nicht minder robuste Frauen, waren schon auf der Freitreppe.

Der Herr beugte sich zu der Dame in Schwarz und schnallte zu meiner höchsten Überraschung einen breiten Ledergurt los, der sie an ihren Wagenplatz fesselte. Die Dame hatte, wie ich bemerkte, lange, sehr wirre weiße Haare, und ihre weitaufgerissenen Augen schienen leblos: für eine Wachsfigur hätte man sie halten können.

Nachdem er sie losgemacht, richtete ihr Gefährte, den Hut in der Hand, sehr ehrerbietig das Wort an sie; doch sie schien nicht im mindesten Acht darauf zu geben. Dann wandte er sich an die Dienerinnen und machte ihnen ein leichtes Zeichen mit dem Kopfe. Sofort packten die drei Weiber die Dame in Schwarz, hoben sie trotz ihrer Bemühungen, sich an den Wagen zu klammern, wie eine Feder auf und trugen sie ins Schloßinnere. Dieser Auftritt hatte mehrere Diener des Hauses als Zeugen, die darin nur etwas allzu Gewohntes zu sehen schienen.

Der Mann, welcher den Vorgang geleitet hatte, zog seine Uhr und fragte, ob man bald speisen würde.

»In einer Viertelstunde, Herr Doktor,« antwortete man ihm.

Mühelos erriet ich, daß ich den Doktor Fröber sah, und daß die Dame in Schwarz die Gräfin war. Ihrem Alter nach mußte sie des Grafen Szemioth Mutter sein, und die ihr gegenüber angewandten Vorsichtsmaßregeln zeigten genugsam an, daß ihr Verstand nicht in Ordnung war.

Einige Minuten später trat der Doktor selber in mein Gemach.

»Da der Herr Graf leidend ist,« sagte er zu mir, »muß ich mich dem Herrn Professor selber vorstellen. Doktor Fröber, Ihnen zu dienen. Entzückt bin ich, die Bekanntschaft eines Gelehrten zu machen, der seinem Verdienste nach allen Lesern der Königsbergischen Zeitschrift für Literatur und Wissenschaften bekannt ist. Wäre es Ihnen angenehm, wenn man das Essen auftrüge?«

Nach bestem Vermögen erwiderte ich seine Verbindlichkeiten und sagte ihm, wenn es Zeit wäre, sich zu Tisch zu setzen, wäre ich gern bereit, ihm zu folgen.

Sobald wir in den Speisesaal traten, bot uns, dem Brauche des Nordens gemäß, ein Haushofmeister eine mit Schnäpsen und einigen appetitanreizenden gesalzenen und scharfgewürzten Speisen bestandene Silberplatte an.

»Erlauben Sie mir,« Herr Professor, sagte der Doktor, »Ihnen in meiner Eigenschaft als Arzt ein Glas von dem Starka hier zu empfehlen; veritabler Cognac ist's, seit vierzig Jahren im Faß. Der Vater der Schnäpse wahrlich. Nehmen Sie eine Drondhjemer Anchovis, nichts ist geeigneter, den Verdauungskanal, ein Organ von höchster Wichtigkeit, zu öffnen und vorzubereiten ... Und nun zu Tisch! Warum sprechen wir nicht deutsch? Sie sind aus Königsberg, ich aus Memel; habe aber in Jena studiert. Dann sind wir ungezwungener, und die Diener, die nur polnisch und russisch können, werden uns nicht verstehn.«

Anfangs aßen wir schweigend; dann, nachdem ich mein erstes Glas Madeira getrunken, fragte ich den Doktor, ob der Graf häufig von dem Unwohlsein, das uns heute seiner Anwesenheit beraubte, heimgesucht würde.

»Ja und nein,« antwortete der Doktor; »das hängt von den Ausflügen ab, die er macht.« »Wie das?«

»Wenn er zum Beispiel den Weg nach Rosienia nimmt, kehrt er mit Migräne und übler Laune heim.«

»Ohne dergleichen Unfälle bin ich selber in Rosienia gewesen.«

»Das kommt daher, Herr Professor,« antwortete er lachend, »weil Sie nicht verliebt sind.«

An Fräulein Gertrude Weber denkend, seufzte ich.

»In Rosienia also wohnt des Herrn Grafen Braut?« fragte ich.

»Ja, in der Nachbarschaft; Braut? ... davon weiß ich nichts. Eine allbekannte Kokette! Sie wird ihn um den Verstand bringen, wie seine Mutter ihn verloren hat.«

»Wirklich, ich glaube, daß die Frau Gräfin ... krank ist?«

»Verrückt ist sie, mein lieber Herr, verrückt! Und am verrücktesten bin ich, weil ich hierhergekommen bin.«

»Hoffen wir, daß Ihre gute Pflege sie wieder gesund macht.«

Der Doktor schüttelte den Kopf, wobei er aufmerksam die Farbe des Burgunders in dem Glase prüfte, das er in der Hand hielt.

»So, wie Sie mich hier sehen, Herr Professor, war ich Stabsarzt im Regiment Kaluga. In Sewastopol hatten wir von morgens bis abends nur Arme und Beine abzusäbeln; von den Bomben, die uns, wie Fliegen ein geschundenes Pferd, umschwirrten, gar nicht zu reden. Nun, schlecht untergebracht, schlecht ernährt, wie ich's dazumal war, langweilte ich mich dort nicht so wie hier, wo ich vom Besten esse und trinke, wo ich wie ein Fürst Hause, wie ein Hofrat bezahlt werde ... Aber die Freiheit, mein lieber Herr! ... Stellen Sie sich vor, daß man mit diesem Teufelsweibe keinen Augenblick für sich hat!«

»Ist sie schon lange Ihrer Behandlung anvertraut?«

»Weniger als zwei Jahre; doch seit mindestens siebenundzwanzig ist sie verrückt, schon vor des Grafen Geburt. Hat man Ihnen das weder in Kowno noch in Rosienia erzählt? Hören Sie also zu, denn es ist ein Fall, über den ich eines Tages einen Aufsatz in der Sankt Petersburger medizinischen Zeitschrift schreiben will. Aus Angst ist sie verrückt geworden ...«

»Aus Angst? wie ist das möglich?«

»Aus einer Angst, die sie ausgestanden hat. Sie stammt aus der Familie der Keystut ... Oh, bei denen gibt's keine Mißheirat. Wir, wir stammen von den Gedymin ab ... Also, Herr Professor, zwei Tage ... oder drei Tage nach ihrer Hochzeit, die hier im Schlosse stattgefunden hat, wo wir speisen (Ihr Wohl!) ... geht der Graf, des jetzigen Vater, auf die Jagd ... Unsere lithauischen Damen sind, wie Sie wissen, Amazonen. Die Gräfin geht auch auf die Jagd ... Sie bleibt hinter den Jägern zurück oder kommt vor sie, was weiß ich, ... Kurzum plötzlich sieht der Graf der Gräfin kleinen Kosaken, einen zwölf- oder vierzehnjährigen Buben, mit verhängten Zügeln heransprengen. »Herr,« sagt er, »ein Bär schleppt die Herrin weg!«

»Wo das?« fragt der Graf.

»Dort,« sagt der kleine Rosat.

Die ganze Jagdgesellschaft eilt nach der angegebenen Stelle; keine Gräfin da!

Auf der einen Seite ihr erwürgtes Pferd, auf der anderen ihr Pelzmantel in Fetzen. Man sucht, durchstöbert den Wald nach allen Richtungen hin. Endlich schreit ein Jäger: »Hier ist der Bär!« Wirklich durchquerte der Bär eine Lichtung, die Gräfin immer mit sich schleppend, um sie sonder Zweifel in aller Bequemlichkeit im Dickicht zu verzehren, denn solche Tiere sind Leckermäuler. Wie die Mönche lieben sie in Behaglichkeit zu schmausen. Als zweitägiger Ehemann war der Graf sehr ritterlich, wollte sich, das Jagdmesser in der Faust, auf den Baren stürzen; doch ein lithauischer Bär, mein lieber Herr, läßt sich nicht wie ein Hirsch durchstechen. Glücklicherweise feuert des Grafen Büchsenspanner, ein ziemlich übler Bursche und an dem Tage so betrunken, daß er ein Kaninchen nicht von einem Rehbock unterscheiden konnte, aus mehr als hundert Schritt Entfernung seine Büchse ab, ohne sich irgend wie darüber aufzuregen, ob die Kugel Bestie oder Frau trifft...«

»Und tötet den Bären?«

»Auf der Stelle. Für solche Schüsse muß man besoffen sein. Es gibt auch Freikugeln, Herr Professor; Zauberer haben wir hier, die sie zu festen preisen verkaufen ... Die Gräfin war arg zerkratzt, bewußtlos natürlich, und hatte ein Bein gebrochen. Man schafft sie heim, sie kommt wieder zu sich; doch die Vernunft war flöten gegangen. Man bringt sie nach Sankt Petersburg. Große Konsultation; vier mit allen Orden behängte Ärzte. Sie sagen: »Die Frau Gräfin ist schwanger; ihre Entbindung wird wahrscheinlich eine heilsame Krise herbeiführen. Man soll sie in guter Luft halten, auf dem Lande, Buttermilch, Kodein ...« Jedem gibt man hundert Rubel. Neun Monate hernach bringt die Gräfin einen wohlgebauten Knaben zur Welt; die günstige Krise aber? Ja, hat sich was! Verdoppelte Wutanfälle. Der Graf zeigt ihr den Sohn. Sowas verfehlt nimmer seine Wirkung ... in Romanen.

»Schlagt ihn tot, schlagt die Bestie tot!« schreit sie; wenig fehlte daran und sie hätte ihm den Hals umgedreht. Seitdem abwechselnd stumpfer Trübsinn oder wütender Wahnsinn, starre Neigung zum Selbstmord. Festbinden muß man sie, um sie an die frische Luft zu bringen. Drei kräftige Dienerinnen hat man zum Halten nötig. Doch, Herr Professor, wollen Sie sich eins merken: wenn ich mit meinem Latein bei ihr zu Ende bin, ohne mir Gehorsam verschaffen zu können, hab' ich ein Beruhigungsmittel für sie. Ich drohe ihr, die Haare abzuschneiden. Früher, denk ich, hat sie sehr schöne gehabt. Die Koketterie ist als letztes menschliches Gefühl geblieben. Ist das nicht lustig? wenn ich nach meiner Weise mit ihr umspringen konnte, würd' ich sie etwa heilen.«

»Wie das?«

»Krumm und lahm würd' ich sie schlagen. Auf die Weise hab' ich zwanzig Bäuerinnen in einem Dorfe geheilt, wo die wütende russische Tollheit ausgebrochen war, das »Heulen«[2] nämlich. Ein Weib fängt zu heulen an, die Gevatterin heult. Nach drei Tagen heult das ganze Dorf. Mit Durchwamsen bin ich zum Ziele gekommen. (Nimmt man ihnen ein fettes Huhn ab, tragen sie einem die Prügel nicht nach.) Der Graf wollte es nie auf einen versuch ankommen lassen.«

»Wie! Sie wollten, er sollte Ihrer abscheulichen Behandlung zustimmen?«

»Oh! er hat seine Mutter so wenig gekannt, und dann, 's ist zu ihrem Heil; doch sagen Sie mir, Herr Professor, würden Sie je geglaubt haben, die Angst könne einen um den Verstand bringen.?«

»Der Gräfin Lage war gräßlich ... Sich in den Fängen eines so wilden Tieres zu befinden!«

»Nun, ihr Sohn ähnelt ihr nicht. Vor weniger als einem Jahre hat er sich in genau der nämlichen Situation befunden und sich dank seiner Kaltblütigkeit wunderbar aus ihr befreit.«

»Aus den Fängen eines Bären?«

»Einer Bärin, und zwar der größten, die man seit langem gesehen hat. Mit der Saufeder wollte sie der Graf angreifen. Bah! mit einem Schlage von links nach rechts entfernt sie die Saufeder, packt den Herrn Grafen und wirft ihn ebenso leicht zu Boden, wie ich die Flasche hier umstoßen würde, Er, der Schlaumeier, stellt sich tot ... Die Bärin hat ihn berochen, berochen, dann, statt ihn zu zerfleischen, beleckt sie ihn. Er besitzt die Geistesgegenwart, sich nicht zu mucksen und sie trollt ab.«

---

[2] Eine Besessene heißt im Russischen: »eine Heulende«, Klikuscha, ein Wort, dessen Wurzel Klik, Geschrei, Geheul ist.

»Die Bärin hat ihn für tot gehalten. Tatsächlich hab' ich sagen hören, daß diese Tiere keine Kadaver fressen.«

»Man muß es glauben und von einer persönlichen Erfahrung abstehen, was aber die Angst anlangt, so lassen Sie mich Ihnen eine Geschichte aus Sewastopol erzählen. Unser fünf oder sechs waren wir um einen Bierkrug herum, den man uns grade hinter den Krankenwagen der berühmten Bastion Nummer fünf gebracht hatte. Der Posten schreit: »Eine Bombe!« wir werfen uns platt auf den Bauch; nein, nicht alle: einer namens … doch der Name tut nichts zur Sache, … ein junger Offizier, der eben zu uns gestoßen war, blieb aufrecht sein volles Glas haltend, just im Moment, wo die Bombe platzte. Meinem armen Kameraden Andreas Speranski, einem braven Burschen, riß sie den Kopf weg und zertrümmerte den Krug. Glücklicherweise war er fast leer. Als wir nach der Explosion wieder aufstanden, sehen wir mitten im Rauche unseren Freund seinen letzten Schluck Bier austrinken, als ob nichts geschehen wäre. Für einen Helden hielten wir ihn. Folgenden Tags begegne ich Hauptmann Gedeonof, der aus dem Hospitale kam. Er sagte zu mir: »Heute esse ich mit Euch und zur Feier meiner Rückkehr zahl ich den Champagner.« Wir setzen uns zu Tisch. Der junge Bier-Offizier war dabei. Des Champagners war er sich nicht gewärtig; neben ihm macht man eine Flasche auf … paff, trifft ihn der Pfropfen an die Schläfe. Er stößt einen Schrei aus und ihm wird schlecht. Glauben Sie's mir, mein Held hatte verteufelte Angst gehabt das erste Mal, und, wenn er sein Bier getrunken, statt sich in Sicherheit zu bringen, so geschah's, weil er den Kopf verloren und nur eine mechanische Bewegung ausgeführt hatte, der er sich nicht bewußt war. wahrlich, Herr Professor, die menschliche Maschine …«

»Herr Doktor,« sagte, in den Saal tretend, ein Diener, »die Idanowa sagt, die Frau Gräfin wolle nicht essen.«

»Der Teufel soll sie holen!« brummelte der Doktor. »Ich geh hin. wenn ich meine Teufelin zum Essen gebracht habe, Herr Professor, können wir, wenn's Ihnen angenehm ist, ein Partiechen Préférence oder Duratschki spielen.«

Ich drückte ihm mein Bedauern über meine Unkenntnis im Kartenspiel aus und ging, als er nach seiner Kranken sah, in mein Zimmer, um an Fräulein Gertrude zu schreiben.

II

Die Nacht war warm. Ich hatte das Fenster nach dem Park hin offengelassen. Als mein Brief geschrieben war und ich noch keinerlei Schlaflust verspürte, fing ich an, die unregelmäßigen lithauischen Verben noch mal durchzugehen und im Sanskrit den Gründen ihrer verschiedenen Unregelmäßigkeiten nachzuforschen. Inmitten dieser mich in Anspruch nehmenden Arbeit wurde ein ziemlich dicht an meinem Fenster stehender Baum heftig bewegt. Ich hörte das Knacken der abgestorbenen Äste und mich däuchte, irgendein sehr schweres Tier versuche an ihm hochzuklettern. Dem Kopf noch ganz voll von den Bärengeschichten, die mir der Doktor aufgetischt hatte, erhob ich mich, nicht ohne eine gewisse Erregung, und sah einige Fuß von meinem Fenster entfernt im Laubwerk des Baumes einen von meinem Lampenlicht vollbeleuchteten Menschenkopf. Die Erscheinung währte nur einen Moment, doch der seltsame Glanz der Augen, die meinem Blicke begegneten, erschreckte mich mehr, als ich sagen kann. Unwillkürlich fuhr mein Körper zurück, dann lief ich uns Fenster und fragte mit strengem Tone den Eindringling, was er wolle, währenddem stieg er in voller Hast hinab und, einen starken Ast zwischen seine Hände nehmend, ließ er sich erst daran hängen, dann auf die Erde fallen, und verschwand sofort. Ich schellte; ein Diener trat ein. Ich erzählte ihm, was eben geschehen war.

»Herr Professor werden sich zweifelsohne getäuscht haben.«

»Was ich sage, weiß ich gewiß,« erwiderte ich. »Ich fürchte, ein Dieb ist im Park.«

»Unmöglich, mein Herr.«

»So ist's also jemand aus dem Hause?«

Der Diener riß die Augen auf, ohne mir zu antworten. Schließlich fragte er, ob ich ihm Befehle zu erteilen hätte. Ich ließ ihn die Fenster zumachen und legte mich zu Bett.

Sehr gut schlief ich, ohne von Bären und Dieben zu träumen. Morgens, ich vollendete meinen Anzug gerade, klopfte es an meine Tür. Ich öffnete und sah mich einem sehr großen und schönen jungen Manne in einem bocharischen Schlafrocke gegenüber, der eine lange Türkenpfeife in der Hand hielt.

»Ich möchte Sie um Verzeihung bitten, Herr Professor,« sagte er, »einen Gast wie Sie so schlecht empfangen zu haben. Ich bin Graf Szemioth.«

Ich beeilte mich, zu antworten, daß ich ihm im Gegenteil ergebenst für seine großartige Gastfreundschaft zu danken habe, und fragte ihn, ob er von seiner Migräne befreit sei.

»Beinahe,« sagte er, »bis zu einem neuen Anfall,« fügte er mit traurigem Ausdruck hinzu. »Fühlen Sie sich erträglich hier? Wollen Sie bitte daran denken, daß Sie bei Barbaren sind. In Samogitien darf man keine großen Ansprüche stellen.«

Ich versicherte ihn, daß ich mich außerordentlich wohl fühle, während ich mit ihm sprach, konnte ich nicht umhin, ihn mit einer Neugierde zu betrachten, die ich selber unverschämt fand. Sein Blick hatte etwas Seltsames, das mich wider meinen Willen an den des Mannes erinnerte, den ich am Vorabend auf dem Baume gesehen hatte ...

»Doch wie kann es möglich sein,« sagte ich zu mir, »daß Graf Szemioth nachts auf Bäume klettert!«

Er hatte eine stolze und gut herausgearbeitete, wenn auch etwas niedrige Stirn. Seine Gesichtszüge waren ganz regelmäßig, nur standen seine Augen zu dicht aneinander und die Entfernung von einer Tränendrüse zur anderen schien mir nicht von Augenlänge zu sein, wie es die Satzung der griechischen Bildhauer heischt. Sein Blick war durchdringend. Wider unsern Willen begegneten sich unsere Augen mehrmals, und mit gewisser Verwirrung wandten wir sie von einander ab. Plötzlich brach der Graf in ein Gelächter aus und rief:

»Sie haben mich wiedererkannt!« »Wiedererkannt?«

»Ja, Sie haben mich gestern bei meinen Gassenbubenstreichen überrascht!«

»Oh! Herr Graf!« ...

»Den ganzen Tag hatte ich recht leidend, in meinem Kabinette eingeschlossen, zugebracht. Als ich mich Abends besser fühlte, bin ich im Garten spazieren gegangen. Ich habe Licht bei Ihnen gesehn und einer Neugierregung nachgegeben ... Hätte meinen Namen nennen und mich vorstellen sollen, die Situation aber war so lächerlich ... Habe mich geschämt und bin geflohn ... Verzeihen Sie mir, Sie so mitten in der Arbeit gestört zu haben?«

All das ward in einem Tone gesagt, der scherzhaft sein sollte; aber er errötete und war sichtlich verlegen. Was von mir abhing, tat ich, ihn zu überzeugen, daß ich von dieser ersten Begegnung keinen peinlichen Eindruck zurückbehalten hätte; und um die Gespräche in eine andere Bahn zu lenken, fragte ich ihn, ob es wahr sei, daß er den Samogitischen Katechismus Pater Lawickis besitze.

»'s kann sein; doch, aufrichtig gesagt, kenne ich meines Vaters Bibliothek zu wenig. Er liebte alte Bücher und Seltenheiten, ich aber lese nur moderne Bücher. Doch wir wollen nachsehen, Herr Professor. Sie wünschen also, wir sollen das Evangelium shmudisch lesen ?«

»Meinen Sie nicht, Herr Graf, daß eine Übersetzung der Bibel in die Landessprache sehr wünschenswert wäre?«

»Sicherlich; dennoch, wenn Sie mir eine kleine Einwendung gestatten wollen, möchte ich Ihnen sagen, daß von den Leuten, die nur shmudisch sprechen, kaum ein einziger zu lesen versteht.«

»Mag sein; aber ich bitte Eure Exzellenz[3] darauf aufmerksam machen zu dürfen, daß die größte Schwierigkeit, das Lesen zu lernen, im Büchermangel besteht, wenn die samogitischen Länder erst einen gedruckten Text haben, wollen sie ihn auch lesen, und werden lesen lernen. So ist's schon bei vielen wilden Völkern gewesen, ... nicht aber, daß ich diese Bezeichnung den hiesigen Bewohnern gegenüber anwenden will ....«

»Ist es nicht überhaupt beklagenswert,« fügte ich hinzu, »daß eine Sprache verschwindet, ohne Spuren zu hinterlassen? Seit über dreißig Jahren ist das preußische eine tote Sprache. Die letzte Person, welche Cornisch sprechen konnte, ist neulich gestorben...«

»Traurig!« unterbrach mich der Graf. »Alexander von Humboldt erzählte meinem Vater, in Amerika einen Papagei gesehen zu ha-

---

[3] Sialelstwo, Euer lichtvoller Glanz; der Titel, den man einem Grafen gibt.

ben, der als Einziger einige Wörter eines durch Blattern völlig vernichteten Stammes konnte. Gestatten Sie, daß man den Tee hierherbringt?«

Während wir Tee tranken, drehte sich die Unterhaltung um die shmudische Sprache.

Der Graf tadelte, wie die Deutschen das Lithauische gedruckt haben, und er hatte Recht.

»Ihr Alphabet,« sagte er, »paßt nicht für unsere Sprache. Sie haben weder unser J noch unser L, noch unser Y, noch unser E. Ich besitze eine im vergangenen Jahre in Königsberg veröffentlichte Sammlung Dainos und es kostet mich die erdenklichste Mühe, die Worte zu erraten, so fremdartig sind sie geschrieben.«

»Eure Exzellenz sprechen sicherlich von den Leßnerschen Dainos?«

»Ja; das ist recht platte Poesie, nicht wahr?«

»Vielleicht hätte er Besseres finden können. So wie die Sammlung vorliegt, hat sie zugestandenermaßen lediglich philologisches Interesse; doch, glaube ich, bei besserem Suchen würde man schließlich süßere Blüten unter Ihren Volksdichtungen pflücken können.«

»Ach, trotz all meines Patriotismus' zweifle ich sehr daran!«

»Vor einigen Wochen hat man mir in Kowno eine wirklich schöne Ballade geschenkt, eine ganz historische.... Die Dichtung ist bemerkenswert. würden Sie mir gestatten, sie Ihnen vorzulesen? Ich hab' sie in meiner Brieftasche.«

»Sehr gern!«

Er lehnte sich, nachdem er mich um die Erlaubnis gebeten hatte, zu rauchen, tief in seinen Sessel zurück.

»Dichtung kann ich nur beim Rauchen genießen,« sagte er.

»Sie heißt: die drei Söhne Budrys'.«

»Die drei Söhne Budrys ?« rief der Graf mit einer Bewegung des Erstaunens.

»Ja. Budrys ist, wie Eure Exzellenz besser wissen als ich, eine historische Persönlichkeit.«

Mit seinem merkwürdigen Blicke sah mich der Graf fest an. Etwas Unerklärliches, Furchtsames und Wildes zugleich lag darin, das, wenn man nicht daran gewöhnt war, einen fast peinlichen Eindruck machte. Um ihm zu entrinnen, fing ich schnell zu lesen an.

Die drei Söhne Budrys.

In seinem Schloßhofe ruft der alte Budrys seine drei Söhne, drei echte Lithauer wie er. Er sagt zu ihnen:

»Kinder, lasset eure Streitrosse fressen, macht eure Sättel zurecht; schärfet eure Säbel und eure kleinen Wurfspieße. In Wilna, heißt es, ist der Krieg erklärt worden nach den drei Enden der Welt hin. Olgerd soll gegen die Russen ziehen, Skirghello gegen unsere Nachbarn, die Polen; Keystut soll über die Teutonen (gemeint ist der deutsche Ritterorden) herfallen. Ihr seid jung, tapfer, kühn, zieht in den Kampf; die Götter Lithauens mögen euch beschützen! Dieses Jahr werde ich keinen Kampf auf mich nehmen; euch aber will ich einen Rat geben: ihr seid drei; drei Wege tun sich euch auf.

Einer von euch begleite Olgerd nach Rußland an die Ufer des Ilmensees, unter die Mauern Nowgorods. Hermelinfelle, gewirkte Stoffe gibt es dort in Fülle. Bei den Kaufherrn soviel Rubel wie Eisschollen im Strome.

Der zweite folge Keystut bei seinem Einfalle. In Stücke haue er das kreuzgezeichnete Lumpenpack! Ambra ist dort ihr Meeressand; um ihres Glanzes und ihrer Farbe willen sind ihre Stoffe ohne gleichen. Rubinen gibt es auf ihrer Priester Gewändern.

Der dritte möge mit Skirghello über den Niemen ziehen. Auf dem anderen Ufer wird er elendes Pfluggerät finden. Dafür kann er gute Lanzen, starke Schilde wählen und soll mir eine Schwieger von dort heimbringen.

Die Töchter Polens, Kinder, sind die schönsten unserer Gefangenen. Mutwillig wie Katzen, weiß wie Rahm! Unter ihren schwarzen Brauen strahlen ihre Augen wie zwei Sterne. Als ich jung war, vor einem halben Jahrhundert, habe ich aus Polen eine schöne Gefangene heimgebracht, die mein Weib wurde. Seit langem ist sie nicht mehr, ich aber kann nicht nach der Herdseite sehen, ohne ihrer zu gedenken!«

Seinen Segen gibt er den jungen Leuten, die schon gewappnet sind und im Sattel. Sie reiten ab; der Herbst kommt, dann der Winter ... Sie kehren nicht zurück. Schon hält der alte Budrys sie für tot.

Kommt ein Schneesturm; ein Reiter naht, mit seiner schwarzen Burka irgend eine köstliche Last bedeckend.

»'s ist ein Sack,« sagt Budrys. »Ist er voll der Rubel Nowgorods?« ...

»Nein, Vater. Ich bringe euch eine Schwieger aus Polen.«

Inmitten eines Schneesturms nähert sich ein Reiter und seine Burka bläht sich über einer köstlichen Last.

»Was ist's, Kind? Bernstein Deutschlands?«

»Nein, Vater. Ich bringe Euch eine Schwieger aus Polen.«

Der Schnee treibt im Winde; ein Reiter nähert sich, unter seiner Burka eine köstliche Last bergend ... Bevor er seine Beute noch gezeigt, hat Budrys seine Freunde zu einer dritten Hochzeit geladen.«

»Bravo, Herr Professor,« rief der Graf, »prachtvoll sprechen Sie shmudisch. Wer aber hat Ihnen diese hübsche Daina mitgeteilt?«

»Eine junge Dame, die ich die Ehre gehabt habe, in Wilna bei der Fürstin Katazyna Pac kennen gelernt zu haben.«

»Und sie hieß?«

»Die Panna Iwinska.«

»Fräulein Julka,« rief der Graf. »Die kleine Närrin. Ich hätt's erraten müssen! Mein lieber Professor, Sie verstehen shmudisch und alle gelehrten Sprachen, Sie haben alle alten Bücher gelesen; haben sich aber von einem kleinen Mädchen anführen lassen, das nur Romane gelesen hat. Mehr oder minder korrekt hat sie eine der hübschen kleinen Balladen von Mickiewicz, die Sie nicht gelesen haben, weil sie nicht viel älter ist als ich, ins Shmudische übersetzt. Wenn Sie's wünschen, will ich sie Ihnen polnisch zeigen, oder wenn Sie eine ausgezeichnete russische Übertragung vorziehen sollten, will ich Ihnen Puschkin geben.«

Ich muß gestehn, ganz bestürzt saß ich da. Was für eine Freude für den Dorpater Professor, wenn ich die Daina der Söhne Budrys' als Original veröffentlicht hätte!

Statt sich über meine Verwirrung zu amüsieren, beeilte sich der Graf mit ausgesuchter Höflichkeit, die Unterhaltung auf ein anderes Gebiet zu lenken.

»Also,« sagte er, »Sie kennen Fräulein Julka?«

»Ich hatte die Ehre, ihr, vorgestellt zu werden.«

»Und was halten Sie von ihr? Seien Sie ehrlich.«

»Sie ist ein sehr liebenswürdiges junges Mädchen.«

»Das sagen Sie nur so.«

»Sie ist sehr hübsch.«

»Wie! Hat sie nicht die schönsten Augen von der Welt?«

»Ja...«

»Eine wirklich ungewöhnlich weiße Hautfarbe? Ich erinnere mich einer persischen Ghasele, worin ein Liebhaber seiner Liebsten seine Haut feiert:

»Wenn sie roten Wein trinkt, sagt er, sieht man ihn durch ihre Kehle rinnen.«

Bei der Panna Iwinska mußte ich an diese persischen Verse denken.« »Vielleicht sieht man dies Phänomen bei Fräulein Julka; ob sie aber Blut in den Adern hat, weiß ich nicht genau... Sie hat kein Herz... Weiß ist sie wie Schnee, aber auch so kalt wie er!« ...

Er stand auf und ging einige Zeit wortlos im Zimmer umher, wie mir schien, um seine Erregung zu verbergen; dann blieb er plötzlich stehn und sagte:

»Verzeihung, wir sprachen, glaub ich, von Volksdichtungen ...«

»Gewiß, Herr Graf.«

»Nach allem muß man zugeben, daß sie Mickiewicz hübsch übersetzt hat...

»Mutwillig wie eine Katze. Wie Rahm so weiß ...ihre Augen funkeln wie zwei Sterne...« Das ist ihr Porträt. Finden Sie nicht?«

»Gewiß, Herr Graf.«

»Und was die Eulenspiegelei anlangt ... die zweifelsohne durchaus unangebracht ist, ... das arme Kind langweilt sich bei einer alten Tante... Sie führt ein Klosterleben.«

»In Wilna ging sie unter die Leute. Habe sie auf einem Balle gesehn, der von den Offizieren veranstaltet wurde, vom Regiment ...«

»Ach, ja, junge Offiziere, das ist für sie die rechte Gesellschaft! Mit einem lachen, mit dem anderen spotten, mit allen herumkotettieren ... Wollen Sie meines Vaters Bibliothek sehn, Herr Professor?«

Ich folgte ihm in eine große Galerie, wo es sehr viele schöngebundene Bücher gab, die aber, wie sich aus dem Staube schließen ließ, der auf den Schnitten lag, selten aufgeschlagen wurden. Man kann sich meine Freude denken, als einer der ersten Bände, die ich aus einem Schranke nahm, der Catechismus Samogiticus war! Ich konnte einen Freudenruf nicht unterdrücken. Eine gewisse geheimnisvolle Anziehungskraft muß, uns unbewußt, ihren Einfluß geltend machen ... Der Graf nahm das Buch, und nachdem er oberflächlich darin geblättert hatte, schrieb er auf den Schutzumschlag: Herrn Professor Wittembach gewidmet von Michael Szemioth. Meine überschwengliche Dankesfreude wüßte ich hier nicht wiederzugeben. Innerlich versprach ich mir, das kostbare Buch solle nach meinem Tode eine Zierde der Universität werden, an welcher ich promoviert hatte.

»Wollen Sie diese Bibliothek bitte als ihr Arbeitszimmer ansehen,« fragte der Graf, »nie sollen Sie drin gestört werden.«

III.

Folgenden Morgens nachdem Frühstück schlug mir der Graf einen Spaziergang vor. Es handelte sich um den Besuch eines Kapas (so nennen die Lithauer die Grabhügel, welche bei den Russen Kurgan heißen), der sehr berühmt im Lande war, weil sich Dichter und Zauberer, die beides in einem waren, dort bei feierlichen Anlässen zusammenfanden.

»Ich kann Ihnen,« sagte er zu mir, »ein lammfrommes Pferd anbieten; leider kann ich Sie nicht in der Kutsche hinbringen; denn wahrlich ist der Weg, den wir einschlagen müssen, nicht fahrbar.« Lieber wär' ich zum Notizenmachen in der Bibliothek geblieben, glaubte aber keinen anderen Wunsch wie den meines Wirtes äußern zu dürfen und willigte ein. Unten an der Freitreppe harrten unser die Pferde; im Hofe hielt ein Diener einen Hund an der Leine. Der Graf blieb einen Moment stehen und wandte sich an mich:

»Kennen Sie sich in Hunden aus, Herr Professor?«

»Sehr wenig, Euer Exzellenz.«

»Der Starost von Zorany, wo ich eine Besitzung habe, schickt mir den Wachtelhund hier, von dem er mir Wunderdinge erzählt. Gestatten Sie, daß ich ihn mir anschaue?«

Er rief den Diener, der ihm den Hund brachte. Es war ein sehr schönes Tier. Der Hund hatte sich bereits an den Mann gewöhnt, sprang munter herum und schien voller Feuer; wenige Schritte vor dem Grafen aber steckte er den Schwanz zwischen die Beine, stemmte sich zurück und schien von plötzlichem Schrecken gepackt. Der Graf streichelte ihn, weswegen er jämmerlich heulte, und nachdem Szemioth ihn eine Weile mit Kenneraugen betrachtet hatte, sagte er:

»Er wird, glaube ich, gut sein. Man soll für ihn sorgen!«

Dann schwang er sich in den Sattel.

»Herr Professor,« sagte der Graf, als wir in der Schloßallee waren, »Sie haben eben die Angst dieses Hundes gesehen. Ich wollte, daß Sie selber Zeuge davon wären ... In Ihrer Eigenschaft als Gelehrter können Sie doch Rätsel erklären ... Warum haben Tiere Angst vor mir?«

»Wahrlich, Herr Graf, Sie erweisen mir die Ehre, mich für einen Ödipus zu halten. Ich bin nur ein armer Professor der vergleichenden Sprachwissenschaften. Es könnte sein ...«

»Bemerken Sie,« unterbrach er, »daß ich weder Pferde noch Hunde jemals schlage. Ein Gewissen würd' ich mir draus machen, einem armen Tiere, das ahnungslos eine Dummheit begeht, einen Peitschenhieb zu versetzen. Dennoch können Sie sich nicht denken, was für eine Abneigung ich Pferden und Hunden einflöße. Um sie an mich zu gewöhnen, hab' ich doppelt soviel Mühe und doppelt soviel Zeit nötig, wie ein anderer dazu braucht. Sehen Sie, das Pferd, auf dem Sie sitzen, hab' ich erst lange bändigen müssen; jetzt ist's lammfromm.«

»Die Tiere, Herr Graf, sind, glaub ich, Physiognomiker, und fühlen sofort heraus, ob die Person, die sie zum ersten Male sehen, Sinn für sie hat oder nicht, vermutlich lieben Sie die Tiere nur der Dienste wegen, die sie für Sie leisten; manche Leute sind bestimmten Tieren gegenüber von Natur aus parteiisch und die haben das sofort heraus. Ich zum Beispiel habe seit Kinderzeit eine instinktive Vorliebe für Katzen. Selten laufen sie davon, wenn ich mich ihnen zum Streicheln nähere; nie hat mich eine Katze gekratzt.«

»Das ist sehr möglich,« sagte der Graf. »Tatsächlich hab' ich nicht, was man Sinn für Tiere nennt ... Sie taugen nicht viel mehr als die Menschen... Ich führe Sie, Herr Professor, in einen Wald, wo heut noch das Reich der Tiere, die Matecznik, die große Urform, die große Werkstatt der Wesen, besteht. Ja, unseren nationalen Überlieferungen gemäß hat niemand seine Tiefen ergründet. Niemand, die Herren Dichter und Zauberer natürlich ausgenommen, die überall hinkommen, hat den Mittelpunkt dieser Wälder und Sümpfe zu erreichen vermocht. Hier leben die Tiere in einer Republik... oder unter einer verfassungsmäßigen Herrschaft; unter welcher von beiden, wüßt' ich nicht zu sagen. Löwen, Bären, Elentiere, Jubrs, das sind unsere Auerochsen, all das kommt prächtig mitsammen aus. Das Mammut, welches sich hier noch erhalten hat, genießt höchstes Ansehen. Es ist, glaub' ich, Adelsmarschall. Sie haben eine gar strenge Polizei, und wenn sie irgend ein Tier lasterhaft finden, verurteilen und verbannen sie's. Es gerät dann vom Regen in die Traufe und muß im Lande der Menschen abenteuern, wenige überstehen das.«[4]

»Eine sehr merkwürdige Legende,« rief ich. Doch Sie reden von Auerochsen, Herr Graf; gibt's das edle Tier, das Caesar in seinen Kommentaren schildert, und das die Merowingerkönige im Walde bei Compiègne jagten, wie man durch Hörensagen weiß, wirklich noch in Lithauen?«

»Ganz gewiß. Mein Vater selber hat, mit Regierungserlaubnis natürlich, einen Jubr getötet. Im großen Saale haben Sie seinen Kopf sehen können. Ich selber hab' nie einen gesehn; Jubrs sind, glaub' ich, sehr selten. Dagegen haben wir Wölfe und Bären in Hülle und Fülle hier. Um einer etwaigen Begegnung mit einem dieser Burschen willen hab' ich dies Instrument mitgenommen (er wies auf eine tscherkessische Tschekhol hin, die er über die Schulter trug) und mein Reitknecht hat einen doppelläufigen Karabiner am Sattel hängen.«

Wir fingen an, es mit dem Walde aufzunehmen. Bald verschwand der Pfad, den wir verfolgten, vollends. Jeden Augenblick waren wir genötigt, uns um ungeheure Bäume herumzudrängen, deren niedrige Zweige uns den Weg versperrten. Einige vor Alter abgestorbene und umgestürzte stellten sich uns wie ein unüberschreitbarer, von spanischen Reitern bekrönter Wall entgegen. Anderswo stießen wir auf tiefe, mit Nymphaeen und Wasserlinsen überzogene Lachen. In weiterer Entfernung sahen wir Lichtungen, deren Grün wie Smaragde glänzte; wehe dem aber, der sich dorthin gewagt hätte, denn solch eine reiche und trügerische Vegetation verbirgt gewöhnlich Morastschlünde, worin Roß und Reiter für immer verschwinden ... Die Wegschwierigkeiten hatten unsere Unterhaltung unterbrochen. All meine Mühen setzte ich daran, um dem Grafen zu folgen; und ich bewunderte die unbeirrbare Sicherheit, mit welcher er sich ohne Kompaß zurecht- und immer wieder die mutmaßliche Richtung fand, die man einhalten mußte, um nach dem Kapas zu gelangen. Augenscheinlich hatte er in diesen Urwäldern viel gejagt.

---

[4] Siehe »Ehren Thaddäus« von Mickiewicz; »Das gefesselte Polen« von Charles Edmond.

Endlich erblickten wir den Grabhügel inmitten einer weiten Lichtung. Er war stark erhöht und von einem Graben umgeben, der trotz Gestrüpp und Geröll noch gut erkennbar war. Anscheinend hatte man ihn bereits durchwühlt. Obendrauf bemerkte ich die Reste eines Gemäuers aus Steinen, von denen einige gebrannt waren. Eine ansehnliche Menge mit Kohle vermischter Aschenreste und da und dort Scherben groben irdenen Geschirrs bewiesen, daß man oben auf dem Grabhügel eine geraume Zeit lang Feuer unterhalten hatte. Wenn man den Volksüberlieferungen Glauben schenkt, sind auf den Kapas früher Menschenopfer dargebracht worden; doch gibt es nicht eine erloschene Religion, der man solch schändliche Bräuche nicht zugeschrieben hat, und ich zweifle, daß man hinsichtlich der alten Lithauer eine derartige Meinung durch historische Beweise rechtfertigen kann.

Wir, der Graf und ich, stiegen von dem Grabhügel hinunter, um unsere Pferde, die wir auf der anderen Grabenseite gelassen hatten, wieder zu erreichen, als wir ein altes Weib auf uns zukommen sahen, die sich auf einen Stecken stützte und einen Korb in der Hand trug.

»Liebe edle Herren,« sagte sie, als sie auf uns stieß, »Um des lieben Gottes willen, erbarmt euch meiner. Schenkt mir was für ein Glas Schnaps, um meinen armen Leib zu erwärmen.«

Der Graf warf ihr ein Geldstück hin und fragte sie, was sie im Walde, soweit fort von jedem bewohnten Orte, tue. Statt einer Antwort wies sie ihm ihren Korb, der mit Pilzen gefüllt war. Wiewohl meine botanischen Kenntnisse begrenzt sind, schien es mir, als ob mehrere dieser Schwämme zu den giftigen Arten gehörten.

»Liebe Frau,« sagte ich zu ihr, »Ihr wollt das hoffentlich nicht essen?«

»Guter edler Herr,« antwortete die Alte mit traurigem Lächeln, »die armen Leute essen alles, was der liebe Gott ihnen schenkt.«

»Sie kennen unsere lithauischen Mägen nicht,« sagte der Graf; »die sind mit Blech gefüttert. Unsere Bauern essen alle Pilze, die sie finden, und es geht ihnen nur immer besser.«

»Hindern Sie sie wenigstens, den Agaricus necator zu essen, den ich in ihrem Korde sehe,« rief ich.

Und ich streckte die Hand aus, um einen der giftigsten Pilze zu nehmen; doch zog die Alte schnell den Korb zurück.

»Nimm Dich in acht,« sagte sie erschreckt, »sie sind bewacht ... Pirkuns! Pirkuns!«

Pirkuns ist nebenbei bemerkt der samogitische Name der Gottheit, welche die Russen Peun nennen: der Jupiter tonans der Slaven. War ich überrascht, die Alte einen heidnischen Gott anrufen zu hören, so war ich's noch mehr, als ich die Pilze sich bewegen sah. Ein schwarzer Schlangenkopf kam hervor und richtete sich mindestens einen Fuß hoch im Korbe auf. Ich fuhr zurück und der Graf spie, einem slavischen Aberglauben gemäß, über die Schulter. Nach der alten Römer Beispiele meint man böse Zauber damit abzuwenden. Die Alte setzte den Korb auf die Erde, kauerte sich daneben; dann streckte sie die Hände nach der Schlange hin aus und rief etwelche unverständliche Worte, die nach Beschwörung klangen. Eine Minute verharrte die Schlange unbeweglich; dann schlängelte sie sich um der Alten fleischlosen Arm und verschwand im Ärmel ihres Schafpelzmantels, der mit einem dürftigen Hemde, glaub ich, den ganzen Anzug dieser lithauischen Circe ausmachte. Die Alte sah uns mit einem leisen, triumphierenden Lächeln wie ein Taschenspieler an, der grade ein schwieriges Kunststück ausgeführt hat.

Auf ihrer Physiognomie stand jene Mischung von Schlauheit und Dummheit geschrieben, die bei angeblichen Zauberern, die größtenteils Narren und Schelme zugleich sind, nicht selten zu finden ist.

»Hier,« sagte der Graf deutsch zu mir, »haben Sie ein Muster von Lokalfarbe; eine Hexe, die unten an einem Kapas in Gegenwart eines gelehrten Professors und eines unwissenden lithauischen Edelmanns eine Schlange beschwört. Das würde für Ihren Landsmann Knaus ein hübscher Vorwurf für ein Genrebild sein... Haben Sie Lust, sich wahrsagen zu lassen? Schöne Gelegenheit haben Sie hier.«

Ich antwortete, daß ich mich wohl hüten würde, derartige Fertigkeiten zu fördern.

»Lieber,« fügte ich hinzu, »würd' ich sie fragen, ob sie nicht etwas Näheres über die seltsame Überlieferung weiß, von der Sie mir erzählt haben!«

»Liebe Frau,« sagte ich zur Alten, »hast Du nicht von einem Bezirke in diesem Walde sprechen hören, wo die wilden Tiere, ohne des Menschen Herrschaft zu kennen, in Gemeinschaft leben?«

Die Alte nickte bejahend mit dem Kopfe und sagte mit ihrem halbdummen, halbschlauen, leisen Lächeln:

»Von dort komm ich her. Die Tiere haben ihren König verloren. Nobel, der Löwe, ist tot; die Tiere wollen einen anderen König wählen. Geh hin, Du wirst vielleicht König werden!«

»Was sagst Du da, Mutter?« rief der Graf, in, ein Gelächter ausbrechend, »Weißt Du auch, mit wem Du redest? Du weißt also nicht, daß der Herr ein... (wie zum Teufel heißt Professor auf Shmudisch?) der Herr ein großer Gelehrter, »in Weiser, ein Waidelot ist?«[5]

Die Alte sah ihn aufmerksam an.

»Ich hab' Unrecht,« sagte sie; »Du mußt da hinunter gehn. Du wirst ihr König sein, nicht er; Du bist groß, Du bist stark, Du hast Klauen und Zähne« ...

»Was sagen Sie zu den Epigrammen, die sie auf uns abschießt?« sagte der Graf zu mir. – »Du kennst den Weg, Mütterchen?« fragte er sie.

Sie wies ihm mit der Hand einen Teil des Waldes.

»Jawohl!« fuhr der Graf fort. »Und der Sumpf, wie kommst Du denn über den?«

»Sie müssen wissen, Herr Professor, daß auf der von ihr bezeichneten Seite ein unüberschreitbarer Sumpf ist, ein flüssiger Schlammsee, der mit einer grünen Pflanzendecke überzogen ist. Im letzten Jahre hat sich ein von mir angeschossener Hirsch in dies Teufelsmoor gestürzt. Ich hab ihn langsam, langsam versinken se-

---

[5] Eine schlechte Übersetzung des Wortes Professor. Die Waideloten waren lithauische Barden.

hen... Nach zwei Minuten sah ich nur noch sein Geweih; bald ist er ganz verschwunden, und zwei meiner Hunde mit ihm.«

»Ich aber, ich bin nicht schwer,« sagte die Alte hohnlächelnd.

»Du überschreitest den Sumpf mühelos, glaub ich, auf einem Besenstiel.«

Ein Zorn blitzte in den Augen der Alten.

»Guter edler Herr,« sagte sie, den schleppenden und näselnden Bettlerton wieder aufnehmend, »solltest Du nicht eine Pfeife Tabak einem alten Weibe zu schenken haben? – Besser würdest Du,« fügte sie, die Stimme senkend, hinzu, »den Weg übers Moor suchen, als nach Dowgielly zu gehn.«

»Dowgielly!« rief der Graf errötend, »Was willst Du damit sagen?«

Unbedingt mußte ich bemerken, daß dies Wort einen seltsamen Eindruck auf ihn machte. Sichtlich war er verwirrt; er senkte den Kopf und beschäftigte sich, um seine Verlegenheit zu verbergen, angelegentlichst mit dem Öffnen seines am Griff des Jagdmessers hängenden Tabakbeutels.

»Nein, geh nicht nach Dowgielly,« fuhr die Alte fort. »Das weiße Täubchen ist nicht Dein Fall.– Nicht wahr, Pirkuns?«

In diesem Augenblicke kam der Schlangenkopf aus dem Halsausschnitt des alten Mantels hervor und streckte sich bis an seiner Herrin Ohr. Das zweifelsohne dazu abgerichtete Reptil bewegte die Kinnladen, wie wenn es spräche.

»Er sagt, daß ich Recht habe,« fügte die Alte hinzu.

Der Graf gab ihr eine Hand voll Tabak.

»Du kennst mich ?« fragte er.

»Nein, mein guter Herr.«

»Ich bin der Besitzer von Medintiltas. Such mich an einem dieser Tage auf. Tabak und Branntwein will ich Dir schenken.«

Die Alte küßte ihm die Hand und entfernte sich mit großen Schritten. Im Nu hatten wir sie aus den Augen verloren, der Graf blieb nachdenklich, machte seinen Beutel auf und zu, ohne recht zu wissen, was er tat.

»Herr Professor,« sagte er nach einem ziemlich langen Schweigen zu mir, »Sie werden sich über mich lustig machen. Die schnurrige Alte kennt mich besser, als sie zugibt, und den Weg, den sie mir eben zeigt... Alles in allem ist nichts Erstaunliches an alledem. Wie'n bunter Hund bin ich im Land bekannt. Die Schelmin hat mich mehr als einmal auf dem Wege nach dem Schlosse von Dowgielly gesehn ... 's gibt da eine heiratsfähige junge Dame: daraus hat sie geschlossen, daß ich verliebt in sie sei ... Irgend ein hübscher Junge wird ihr ordentlich was in die Hand gesteckt haben, damit sie mir ein böses Abenteuer anzeige... All das springt in die Augen; dennoch ... berühren mich ihre Worte gegen meinen Willen seltsam. Fast bin ich darüber erschreckt... Sie lachen und haben Recht. Wahrheit ist, daß ich geplant hatte, uns in Schloß Dowgielly zum Essen einladen zu lassen, und nun schwanke ich... Bin ein großer Narr! Nun, Herr Professor, entscheiden Sie selber. Sollen wir hingehn?«

»Ich werd' mich wohl hüten, eine Ansicht zu äußern,« antwortete ich lachend. »In Heiratsangelegenheiten geb' ich nimmer einen Rat!«

Wir hatten unsere Pferde erreicht. Leicht schwang der Graf sich in den Sattel und, die Zügel fallen lassend, rief er:

»Das Pferd soll für uns wählen!«

Das Pferd zauderte nicht; sofort bog es in einen kleinen Saumpfad ein, der nach mehreren Biegungen in eine feste Straße mündete, und diese Straße führte nach Dowgielly. Eine halbe Stunde später waren wir an der Schloßfreitreppe.

Beim Getrappel unserer Pferde zeigte sich ein hübscher Blondkopf zwischen zwei Vorhängen an einem Fenster. Ich erkannte die ruchlose Mickiewiczübersetzerin.

»Seien Sie willkommen!« rief sie. »Nicht gelegener könnten Sie kommen, Graf Szemioth. Im Augenblick hab ich ein Pariser Kleid gekriegt. Nicht wiedererkennen sollen Sie mich, so schön werd' ich sein.«

Die Vorhänge schlossen sich. Beim Treppensteigen murmelte der Graf zwischen den Zähnen:

»Sicherlich zieht sie das Kleid nicht für mich zum ersten Male an ...«

Er stellte mich Frau Dowgiello vor, Panna Iwinskas Tante, die mich liebenswürdig aufnahm und mir von meinen letzten Artikeln in der Königsbergischen Zeitschrift für Literatur und Wissenschaften sprach.

»Der Herr Professor,« sagte der Graf, »will sich bei Ihnen über Fräulein Julchen beklagen, die ihm einen recht schändlichen Streich gespielt hat.«

»Sie ist ein Kind, Herr Professor. Man muß ihr verzeihen. Oft bringt sie mich mit ihren Narrheiten in Verzweiflung. Mit sechzehn Jahren war ich viel vernünftiger als sie mit zwanzig. Im Grunde aber ist sie ein gutes Mädchen und besitzt die besten Eigenschaften. Sie ist eine sehr gute Musikerin, malt himmlische Blumen, spricht deutsch, französisch und italienisch gleich gut.... Sie stickt...«

»Und macht shmudische Verse!« fügte der Graf lachend hinzu.

»Dazu ist sie nicht imstande!« rief Frau Dowgiello, die sich dann ihrer Nichte Eulenspiegelei auseinandersetzen ließ.

Frau Dowgiello war unterrichtet und kannte ihrer Heimat Altertümer. Ihre Unterhaltung gefiel mir ausnehmend gut. Sie las viele unserer deutschen Zeitschriften und hatte sehr gesunde Ansichten über Sprachwissenschaft. Zugegebenermaßen merkte ich nicht, wieviel Zeit Fräulein Iwinska zum Anziehen gebrauchte; sehr lange aber schien das dem Grafen Szemioth zu dauern, der aufstand, sich wieder setzte, aus dem Fenster schaute und mit seinen Fingern, wie einer, der die Geduld verliert, gegen die Glasscheiben trommelte.

Nach dreiviertel Stunden, endlich, erschien in Begleitung ihrer französischen Gesellschafterin Fräulein Julchen, voller Anmut und Stolz ein Kleid tragend, dessen Beschreibung viel überlegenere Kenntnisse als meine erfordern würde.

»Bin ich nicht schön?« fragte sie den Grafen, sich langsam um sich selber drehend, damit er sie von allen Seiten beschauen konnte.

Sie sah weder den Grafen noch mich an, sie schaute auf ihr Kleid.

»Wie, Jutta,« sagte Frau Dowgiello, »Du sagst dem Herrn Professor, der sich über dich beklagt, nicht guten Tag?«

»Ach! Herr Professor!« rief sie mit einem reizenden Mäulchen, »was hab ich denn getan? Wollen Sie mich zur Strafe nachsitzen lassen?«

»Wir würden uns selber strafen, mein gnädiges Fräulein,« sagte ich, »wenn wir uns Ihrer Anwesenheit beraubten. Ich denke nicht dran, mich zu beklagen, beglückwünsche mich im Gegenteil dazu, durch Sie erfahren zu haben, daß die lithauische Muse strahlender denn je wiedererstanden ist.«

Sie senkte den Kopf, und ihre Hände vors Gesicht legend, doch dabei darauf achtend, daß ihre Haare nicht in Unordnung gerieten, sagte, sie mit dem Tone eines Kindes, das grade Eingemachtes genascht hat:

»Verzeihen Sie mir, ich will's nicht wieder tun!«

»Ich werd' Ihnen nur dann verzeihen, liebe Pani, wenn Sie ein gewisses Versprechen erfüllt haben werden, das Sie mir in Ihrer Güte in Wilna bei der Fürstin Katazyna Pac gaben.«

»Was für ein Versprechen?« fragte sie und hob lächelnd den Kopf.

»Schon haben Sie's vergessen? Sie haben mir versprochen, mir, wenn wir uns in Samogitien begegnen sollten, einen bestimmten heimischen Tanz zu zeigen, von dem man Wunderdinge erzählt.«

»Oh, die Russalka! Hinreißend bin ich in ihr, und da ist just der Mann, den ich brauche.«

Sie lief an einen Tisch, wo Musikalien lagen, blätterte schnell in einem Hefte herum, stellte es auf das Pult eines Pianos und wandte sich an ihre Gesellschafterin:

»Bitte, liebes Herz, allegro presto.«

Und sie spielte selbst, ohne sich zu setzen, das Ritornell, um das Tempo anzugeben.

»Hierher, Graf Michael; als echter Lithauer werden Sie doch die Russalka sein tanzen können ... doch tanzen Sie wie ein Bauer, hören Sie?«

Frau Dowgiello versuchte, doch vergebens, Einspruch zu erheben. Der Graf und ich waren hartnäckig. Er hatte seine Gründe, denn seine Rolle in diesem Tanze war, wie man bald sehen wird, eine der angenehmsten. Nach einigem Probieren sagte die Gesellschafterin, so merkwürdig er auch sei, sie glaube diese Art Walzer spielen zu können. Fräulein Iwinska nahm, nachdem sie einige Stühle und einen Tisch, die ihr im Wege sein konnten, fortgerückt hatte, ihren Ritter am Rockkragen und führte ihn in die Salonmitte.

»Sie müssen wissen, Herr Professor, ich bin die Russalka, Ihnen zu dienen.«

Sie machte einen tiefen Knix.

»Eine Russalka ist eine Nixe. In allen jenen mit schwarzem Wasser angefüllten Tümpeln, die unsere Wälder verschönen, gibt's eine. Nähern Sie sich ihnen nicht! Die Russalka kommt heraus, noch viel hübscher ist sie, wenns möglich ist, als ich; sie zieht Sie auf den Grund, oder verschlingt Sie allem Anscheine nach...«

»Eine wahre Sirene!« rief ich.

»Er,« fuhr Fräulein Iwinska, auf Graf Szemioth zeigend, fort, »ist ein junger, gar dummer Fischer, der sich meinen Krallen aussetzt; und ich, um dem Vergnügen längere Dauer zu geben, will ihn berücken, indem ich ein bischen um ihn herum tanze ... Ach; um es aber ordentlich zu können, müßte ich einen Sarafan anhaben. Wie schade! ... Wollen Sie bitte dies Kleid entschuldigen, das uncharakteristisch ist, keine Lokalfarbe gibt ... Oh! Und Schuhe hab' ich an! In Schuhen kann man die Russalka unmöglich tanzen! Und noch dazu mit Absätzen!« ...

Sie hob ihr Kleid auf, schüttelte auf die Gefahr hin, ihr Bein etwas sehen zu lassen, voller Anmut ein hübsches Füßchen und sandte ihren Schuh in eine Salonecke. Der zweite folgte dem ersten, und sie stand in ihren Seidenstrümpfen auf dem Parkett.

»Alles ist bereit,« sagte sie zu der Gesellschafterin. Und der Tanz hob an.

Die Russalka dreht sich um ihren Partner hin und her. Er streckt die Arme aus, um sie zu greifen, sie gleitet unten durch und entschlüpft ihm. Das ist gar anmutig, und die Musik ist bewegt und eigenartig. Die Figur endigt damit, daß die Russalka, wenn der Partner sie zu greifen wähnt, um ihr einen Kuß zu geben, einen Sprung macht, ihn auf die Schulter schlägt, dann sinkt er wie tot zu ihren Füßen hin ... Der Graf aber improvisierte eine Variante, die darin bestand, den Eulenspiegel in seine Arme zu schließen und tüchtig abzuküssen. Fräulein Iwinska stieß einen leichten Schrei aus, wurde dunkelrot und ließ sich schmollend in ein Sofa fallen, indem sie sich beklagte, er habe sie wie ein Bär, der er sei, gedrückt. Ich sah, daß der Vergleich dem Grafen nicht behagte, denn er erinnerte ihn an ein Familienunglück. Seine Stirn umwölkte sich.

Ich aber dankte Fräulein Iwinska lebhaft und lobte ihren Tanz, der mir einen ganz antiken Charakter zu haben schien und an die heiligen Tänze der Griechen erinnerte. Ich wurde von einem Diener unterbrochen, der den General und die Fürstin Wekaminof anmeldete. Fräulein Iwinska machte einen Satz vom Sofa nach ihren Schuhen, trat schnell mit ihren kleinen Füßen hinein und lief der Fürstin entgegen, der sie einmal übers andere zwei tiefe Knixe machte. Bei jedem, sah ich, brachte sie die Ferse geschickt im Schuhe unter. Der General hatte zwei Adjutanten mit und bat wie wir um das, »was die Kelle gibt.« In jedem andern Lande, denk ich, wäre die Dame des Hauses etwas entsetzt darüber gewesen, sechs unerwartete und appetitgesegnete Gäste auf einmal zu bekommen; so groß aber ist der Überfluß und die Gastfreundschaft in lithauischen Häusern, daß das Diner nur um höchstens eine halbe Stunde, glaube ich, hinausgeschoben wurde. Nur gab's zuviel warme und kalte Pasteten.

IV.

Das Diner war sehr munter. Der General erzählte uns sehr seltsame Einzelheiten über die Sprachen, die im Kaukasus gesprochen werden. Die einen sind arisch und die anderen turanisch, wiewohl unter den verschiedenen Völkerschaften eine bemerkenswerte Übereinstimmung in Sitten und Gebräuchen herrscht. Ich selber sah mich genötigt, über meine Reisen zu sprechen, weil ich dem Grafen Szemioth, als er mir zu meiner Reitkunst Glück gewünscht und erklärt hatte, noch nie einem Geistlichen oder einem Professor begegnet zu sein, der einen wie den von uns zurückgelegten Weg so ohne weiteres hinter sich gebracht habe, hatte mitteilen müssen, daß ich, von der Bibelgesellschaft mit einer Arbeit über die Sprache der Charruas betraut, drei und ein halbes Jahr in der Republik Uruguay zugebracht habe. Und zwar sei ich stets zu Pferde gewesen und habe in den Pampas unter den Indianern gelebt. So ergab es sich denn im Gespräche, daß ich erzählte, wie ich einmal auf einer dreitägigen Irrfahrt in den endlosen Ebenen, unversorgt mit Lebensmitteln und Wasser wie ich war, gezwungen gewesen wäre, es wie die mich begleitenden Gauchos zu machen, das heißt, mein Pferd zu schröpfen und sein Blut zu trinken.

Alle Damen stießen einen Entsetzensschrei aus. Der General warf ein, die Kalmücken täten in gleicher Notlage ein Nämliches. Der Graf fragte mich, wie ich dies Getränk gefunden hätte. »Moralisch,« antwortete ich, »war es mir sehr zuwider; physisch aber tat es mir sehr gute Dienste, und ihm verdanke ich die Ehre, heute hier zu speisen.

Viele Europäer, das heißt Weiße, die lange mit den Indianern zusammengelebt haben, gewöhnen sich dran und gewinnen ihm sogar Geschmack ab. Mein trefflicher Freund, Don Fructuoso Rivero, Präsident der Republik, läßt sich selten den gelegentlichen Genuß entgehen. Ich erinnere mich, daß er eines Tages auf dem Wege zum Kongreß an einem Rancho vorbeikam, wo man ein Fohlen zur Ader ließ. Er machte Halt, saß ab, um sich einen Chupon, einen Mund voll, auszubitten; hernach hielt er eine seiner schwungvollsten Reden.«

»Ihr Präsident ist ja ein furchtbares Ungeheuer!« rief Fräulein I-
winska.

»Verzeihung, liebe Pani,« sagte ich zu ihr, »er ist ein sehr vor-
nehmer Mann von überragender Geistigkeit, wunderbar spricht er
einige sehr schwere Indianersprachen, vor allem ist das Charrua der
unzähligen Formen wegen schwierig, die das Verbum annimmt, je
nachdem, ob es transitiv oder intransitiv und sogar den sozialen
Beziehungen gemäß, in denen die redenden Personen zu einander
stehen, gebraucht wird.

Ich wollte mich noch über einige recht interessante Einzelheiten
über den Bau des Verbs im Charrua auslassen, doch der Graf unterbrach mich mit der Frage, wo man den Pferden zur Ader lassen
müsse, wenn man ihr Blut trinken wolle.

»Um Gotteswillen, lieber Professor,« rief Fräulein Iwinska mit
komisch entsetzter Miene, »sagen Sie's ihm nicht. Er ist imstande,
seinen ganzen Stall zu töten und uns selber zu verspeisen, wenn er
keine Pferde mehr hat!«

Lachend über diesen Witz standen die Damen von Tisch auf, um,
während wir rauchten, Tee oder Kaffee zu bereiten. Nach einer
Viertelstunde ließ man den General in den Salon holen. Alle wollten
wir ihm folgen, doch man sagte uns, die Damen wünschten nur
einen Herrn auf einmal. Bald hörten wir aus dem Salon laute Lach-
salven und Händeklatschen.

»Fräulein Julka macht ihre Streiche,« sagte der Graf.

Man verlangte ihn selber; neues Gelächter, neuer Beifall. Nach
ihm kam ich an die Reihe. Als ich den Salon betrat, hatten alle Gesichter einen scheinbaren Ernst aufgesteckt, der nichts allzu Gutes
versprach. Ich war mir eines Schabernacks gewärtig.

»Herr Professor,« sagte der General mit seiner offiziellsten Miene,
»die Damen behaupten, wir hätten ihrem Champagner zuviel Ehre
ungetan, und wollen uns nur nach einer Probe bei sich dulden. Es
handelt sich darum, mit verbundenen Augen von Salonmitte nach
der Wand dort zu gehn und sie mit dem Finger zu berühren. Sie
sehn, die Sache ist einfach, nur geradeaus braucht man zu gehen.
Sind Sie imstande, die gerade Richtung einzuhalten?«

»Ich denke schon, Herr General.«

Sofort legte Fräulein Julka mir ein Taschentuch um die Augen und band es hinten mit aller Kraft zusammen.

»Sie sind mitten im Salon,« sagte sie, »strecken Sie die Hand aus ... Schön! Ich wette, Sie werden die Wand nicht berühren.«

»Vorwärts, marsch!« kommandierte der General.

Man hatte nur fünf bis sechs Schritte zu machen. Ganz langsam ging ich vor, in der Überzeugung, ich würde auf einen Strick oder eine mir verräterischerweise in den Weg gesetzte Fußbank stoßen, die mich zu Falle bringen sollten. Ersticktes Lachen hörte ich, das meine Befangenheit vergrößerte. Endlich glaubte ich mich der Mauer ganz nahe, als mein Finger, den ich vorgestreckt hielt, plötzlich in etwas Kaltes und Klebriges fuhr. Ich schnitt eine Grimasse und wich zurück, was allen Anwesenden lautes Gelächter entlockte. Ich riß meine Binde ab und sah Fräulein Iwinska bei mir, die einen Honigtopf hielt, in welchen ich den Finger gesteckt hatte, als ich die Wand zu berühren wähnte. Zu meinem Troste sah ich die beiden Adjutanten die nämliche Prüfung mit nicht besserer Haltung als ich ablegen.

Den ganzen Rest des Abends über ließ Fräulein Iwinska ihrer tollen Laune unaufhörlich die Zügel schießen. Stets neckte sie, stets führte sie Eulenspiegeleien aus, und nahm bald den einen, bald den anderen zur Zielscheibe ihres Spottes. Indessen bemerkte ich, daß sie sich am häufigsten an den Grafen wandte, der, das muß ich sagen, sich niemals ärgerte und an ihren Sticheleien sogar Spaß zu haben schien. Im Gegenteil, wenn sie einen der Adjutanten angriff, zog er die Brauen zusammen, und ich sah seine Augen in jenem düsteren Feuer glühen, das wirklich etwas Schreckliches an sich hatte.

»Mutwillig wie eine Katze und weiß wie Rahm.«

Als Mickiewicz diesen Vers schrieb, hatte er, wie mir schien, Panna Iwinskas Bild wiedergeben wollen.

V.

Ziemlich spät zog man sich zurück. In sehr vielen vornehmen lithauischen Häusern sieht man prachtvolles Silberzeug, schöne Möbel, kostbare Perserteppiche, doch gute Federbetten hat man wie in unserem lieben Deutschland einem müden Gaste nicht anzubieten. Ob reich, ob arm, Edelmann oder Bauer, ein Slave vermag auch auf einer Planke gut zu schlafen. Von dieser Allgemeinregel macht Schloß Dowgielly keine Ausnahme. In dem Gemache, in das man uns, den Grafen und mich, geleitete, gab's nur zwei mit Maroquinleder bezogene Sofas. Das erschreckte mich nicht eben, denn auf meinen Reisen hatte ich häufig auf bloßer Erde geschlafen und ich machte mich über des Grafen Ausrufe – der fehlenden Zivilisation seiner Landleute wegen – ein bischen lustig. Ein Diener zog uns die Stiefel aus und reichte uns Schlafröcke und Pantoffeln. Nachdem er seinen Anzug abgelegt hatte, ging der Graf ein Weilchen schweigend auf und ab; dann blieb er vor dem Sofa, auf dem ich's mir bereits bequem gemacht hatte, stehn und sagte zu mir:

»Was halten Sie von Julka?«

»Reizend finde ich sie.«

»Ja, aber so kokett! ... Meinen Sie, sie findet wirklich Gefallen an dem kleinen blonden Hauptmann?«

»Dem Adjutanten? ... Wie sollte ich das wissen?«

»Er ist ein Geck! ... doch muß er den Weibern gefallen.«

»Den Schluß bestreite ich, Herr Graf, wünschen Sie die Wahrheit zu hören? Fräulein Iwinska denkt viel mehr daran, dem Grafen Szemioth zu gefallen als allen Adjutanten der Armee.«

Ohne mir zu antworten, errötete er; meine Worte schienen ihm aber merkliche Freude bereitet zu haben. Noch einige Zeit über schritt er wortlos auf und ab, dann, nachdem er auf seine Uhr geschaut hatte, sagte er zu mir:

»Meiner Treu, wir würden gut daran tun, zu schlafen, denn 's ist spät.«

Er nahm seine Flinte und sein Jagdmesser, die man in unser Zimmer gebracht hatte, und legte sie in einen Schrank, dessen Schlüssel er abzog.

»Wollen Sie ihn aufbewahren?« sagte er, ihn mir zu meinem lebhaften Erstaunen einhändigend; »ich könnte ihn verlegen. Sicher haben Sie ein besseres Gedächtnis als ich.«

»Das beste Mittel, Ihre Waffen nicht zu vergessen, wäre, sie auf den Tisch hier bei Ihrem Sofa zu legen.«

»Nein ... Sehn Sie, offen gestanden, hab ich nicht gern Waffen in meiner Nähe, wenn ich schlafe ... Und zwar aus folgendem Grunde. Als ich bei den Grodnower Husaren stand, schlief ich eines Tages mit einem Kameraden in einem Zimmer. Meine Pistolen lagen auf einem Stuhle neben mir. Nachts fahre ich durch einen Schuß aus dem Schlafe: ich halte eine Pistole in der Hand, hatte Feuer gegeben und die Kugel war zwei Zoll über meines Kameraden Kopf weggeflogen ... Nie hab ich mich erinnern können, was ich geträumt hatte.«

Die Geschichte regte mich etwas auf. vor einer Kugel in den Kopf war ich ja sicher, doch wenn ich meines Gefährten hohe Gestalt, seine breiten herkulischen Schultern, seine nervigen, mit schwarzem Flaum bedeckten Arme betrachtete, mußte ich notgedrungen daran denken, daß er durchaus imstande sei, mich mit seinen Händen zu erdrosseln, wenn er schlecht träume. Immerhin hütete ich mich, ihm die geringste Unruhe zu zeigen, setzte nur mein Licht auf einen Stuhl bei meinem Sofa und fing an, in dem mitgenommenen Lawickischen Katechismus zu lesen. Der Graf wünschte mir gute Nacht, streckte sich auf seinem Sofa aus, drehte sich fünf, sechsmal herum und schien dann endlich einzuschlafen, wiewohl er sich wie der Horazische Liebhaber zusammengekugelt hatte, der, in eine Lade gesperrt, mit dem Kopfe an seine zusammengezogenen Knie rührte:

.... Turpi clausus in arca,
Contractum genibus tangas caput ....

Von Zeit zu Zeit seufzte er tief, oder ließ ein gewisses nervöses Röcheln hören, das ich der seltsamen Lage zuschrieb, die er zum

Schlafen eingenommen hatte. So verstrich etwa eine Stunde. Ich ward selber schläfrig, klappte mein Buch zu und richtete mich so gut wie möglich auf meinem Lager ein, als mich ein merkwürdiges lautes Schmatzen meines Nachbars zittern machte. Ich blickte den Grafen an. Er hatte die Augen zu, sein ganzer Körper bebte und aus seinen halboffenen Lippen drangen einige kaum artikulierte Worte.

»Ganz frisch! ... Ganz weiß! ... Der Professor weiß nicht, was er redet ... Das Pferd taugt nichts... welch ein leckeres Stück! ...«

Dann hub er an, furchtbar auf sein Kissen, worauf sein Kopf ruhte, loszubeißen und gleichzeitig stieß er eine Art Gebrüll mit solcher Stärke aus, daß er selbst davon erwachte.

Ich aber blieb still, unbeweglich auf meinem Sofa und stellte mich schlafend. Trotzdem beobachtete ich ihn. Er setzte sich hoch, rieb sich die Augen, seufzte traurig und verharrte fast eine Stunde so, wie mir schien, in seine Gedanken vertieft, ohne die Stellung zu wechseln. Mir war indessen wenig behaglich zumute, und ich versprach mir innerlich, nie wieder Seite an Seite mit dem Grafen zu schlafen. Auf die Dauer freilich siegte die Müdigkeit über die Unruhe, und als man Morgens in unser Zimmer kam, schliefen wir beide einen tiefen Schlaf.

VI.

Nach dem Frühstück kehrten wir nach Medintiltas zurück. Als ich dort den Doktor Fröber allein traf, sagte ich ihm, ich hielte den Grafen für krank, er hätte schreckliche Träume, wäre vielleicht Nachtwandler und könnte in solchem Zustande gefährlich werden.

»All das hab ich gemerkt,« sagte der Arzt zu mir. »Bei seiner athletischen Konstitution ist er nervös wie ein hübsches Frauenzimmer. Vielleicht hat er das von seiner Mutter ... Verteufelt wild ist sie heute morgen gewesen ... Ich glaube nicht so recht an die Angst- und Lustgeschichten schwangerer Weiber; sicher aber ist die Gräfin wahnsinnig, und Wahnsinn ist durch Blut übertragbar ...«

»Doch der Graf,« erwiderte ich, »ist vollkommen vernünftig; er besitzt gesunden Menschenverstand, ist sehr viel gebildeter, als ich gedacht hätte, das muß ich Ihnen schon gestehen, liebt die Lektüre ...«

»Gewiß, gewiß, mein lieber Herr; aber oft ist er sonderbar. Mehrere Tage lang schließt er sich manchmal ein; häufig streift er nachts umher; liest unglaubliche Bücher ... über deutsche Metaphysik ... Physiologie, was weiß ich! Gestern erst hat er einen Ballen voll aus Leipzig gekriegt. Gerade heraus, ein Herkules hat eine Hebe nötig, 's gibt hier sehr hübsche Bäuerinnen ... Samstag abends nach dem Bade möchte man sie für Prinzessinnen halten ... Jede würde stolz sein, den gnädigen Herrn zu zerstreuen. In seinem Alter wollte ich, der Teufel soll mich holen. ... Nein, er hat keine Geliebte, verheiratet sich nicht und tut Unrecht daran. Er braucht ein Ablenkungsmittel.«

Des Doktors plumper Materialismus war mir äußerst peinlich. Jäh beendigte ich die Unterhaltung mit den Worten, ich würde es von Herzen wünschen, daß der Graf Szemioth eine seiner würdige Gattin fände. Nicht ohne Überraschung, muß ich gestehn, vernahm ich des Doktors Bemerkung über des Grafen Vorliebe für philosophische Studien. Solch ein Husarenoffizier, solch ein passionierter Jäger las deutsche Metaphysik und befaßte sich mit Physiologie, das wollte mir nicht in den Kopf. Und doch hatte der Doktor die Wahrheit gesagt und noch am nämlichen Tage erhielt ich den Beweis davon. »Wie erklären Sie sich, Herr Professor,« sagte er plötzlich gegen Tafelende zu mir, »wie erklären Sie sich die Zweiheit oder die Duplizität unserer Natur? ...«

Und da er merkte, daß ich ihn nicht richtig verstand, fuhr er fort:

»Haben Sie sich niemals oben auf einem Turme oder am Abgrundsrande befunden und zugleich die Versuchung, sich in die Tiefe zu stürzen, ins Leere hineinzustürzen und ein durchaus entgegengesetztes Angstgefühl verspürt? ...«

»Aus rein physischen Gründen läßt sich das erklären,« sagte der Doktor; »erstens bewirkt die Ermüdung, die man bei einem Aufstiege spürt, einen Blutandrang nach dem Gehirne, das ...«

»Hören Sie von Blut auf, Doktor,« rief der Graf ungeduldig, »und wählen wir ein anderes Beispiel. Sie halten eine geladene Waffe. Ihr bester Freund ist da. Ihnen kommt der Gedanke, ihm eine Kugel in den Kopf zu jagen. Sie haben den größten Abscheu vor einem Morde, und doch haben Sie den Gedanken an ihn gehabt. Ich glaube, meine Herren, wenn alle Gedanken, die uns im Verlaufe von einer Stunde durch den Kopf gehen, ... ich glaube, wenn alle Ihre Gedanken, Herr Professor – und ich halte Sie für einen weisen Mann – niedergeschrieben würden, sie vielleicht einen Folioband füllten, auf Grund dessen es keinen Rechtsanwalt, der nicht erfolgreich für Ihre Mundtoterklärung plädierte, keinen Richter gäbe, der Sie nicht im Gefängnis, oder besser in einem Narrenhause festsetzte.«

»Dieser Richter, Herr Graf, würde mich gewiß nicht verurteilen, weil ich heute morgen länger als eine Stunde dem geheimnisvollen Gesetze nachgegrübelt habe, wonach die slavischen Verben in Verbindung mit einer Präposition futurale Bedeutung annehmen. Wenn ich aber zufällig einen anderen Gedanken gehabt hätte, was könnte man deswegen wider mich beweisen? Nicht mehr bin ich Herr meiner Gedanken als die äußeren Zufälle, die sie mir suggerieren. Weil ein anderer Gedanke in mir aufsteigt, daraus kann man noch nicht einen Ausführungsbeginn, ja nicht einmal einen Entschluß folgern. Nie hab ich den Gedanken gehabt, jemanden zu töten; wenn mir aber ein Mordgedanke käme, ist meine Vernunft denn dann nicht da, um ihn abzuweisen?«

»Sie haben gut von Ihrer Vernunft reden; doch ist sie stets, wie Sie sagen, da, um Sie zu leiten? Damit die Vernunft spricht und sich

Gehorsam verschafft, bedarf's der Überlegung, das heißt, der Zeit und der Kaltblütigkeit. Hat man die eine und die andere immer? In einem Kampfe seh ich eine Prellkugel auf mich zufliegen, ich weiche ihr aus und setze meinen Freund ihr aus, für den ich mein Leben hingegeben haben würde, wenn ich Zeit zur Überlegung gehabt hätte!«

Ich versuchte, ihm von unseren Menschen- und Christenpflichten zu sprechen, und wie wir dem Krieger der heiligen Schrift nacheifern müßten, der immer kampfbereit sei; kurz, suchte ihm klar zu machen, daß wir im ständigen Kampfe wider unsere Leidenschaft neue Kräfte erwürben, um sie abzuschwächen und zu bändigen. Ich hatte, fürcht ich, nur den Erfolg, ihn zum Schweigen zu bringen; und überzeugt schien er nicht.

Noch zehn Tage blieb ich im Schlosse. Ich machte einen anderen Besuch in Dowgielly, aber wir schliefen dort nicht. Wie beim ersten Male zeigte Fräulein Iwinska sich als Eulenspiegel und verzogenes Kind. Auf den Grafen übte sie eine Art Zauber aus, und ich zweifelte nicht, daß er sehr verliebt in sie sei. Indessen kannte er ihre Fehler wohl und machte sich keine Illusionen. Er wußte, sie war kokett, leichtfertig, und allem gegenüber, was nicht Unterhaltung für sie war, gleichgiltig. Häufig merkte ich, daß er innerlich unter ihrem so wenig vernünftigem Wesen litt; sobald sie ihm aber eine kleine Liebenswürdigkeit erwiesen hatte, vergaß er alles, erhellte sich sein Gesicht, strahlte er vor Freude. Am Tage vor meiner Abreise wollte er mich ein letztes Mal nach Dowgielly schleppen, vielleicht, weil ich plaudernd bei der Tante blieb, während er allein mit der Nichte im Garten lustwandelte. Aber ich hatte viel zu arbeiten und mußte mich, wie inständig er auch bat, entschuldigen. Zum Essen kehrte er zurück, obwohl er uns gesagt hatte, wir sollten nicht auf ihn warten. Er setzte sich zu Tisch und konnte nichts essen. Während der ganzen Mahlzeit war er finster und übler Laune. Von Zeit zu Zeit näherten sich seine Brauen einander und seine Augen nahmen einen düstern Ausdruck an. Als der Doktor aufstand, um sich zur Gräfin zu begeben, folgte mir der Graf in mein Zimmer und sagte mir alles, was er auf dem Herzen hatte.

»Sehr bereue ich's,« rief er, »Sie verlassen zu haben, um die kleine Närrin zu besuchen, die sich über mich lustig macht und nur neue

Gesichter gern sieht; glücklicherweise ist aber alles zwischen uns aus, sie ist mir gründlich verleidet und ich will sie niemals wiedersehn ...«

Seiner Gewohnheit nach durchschritt er einige Zeit das Zimmer der Länge und Breite nach, dann fuhr er fort:

»Sie haben vielleicht geglaubt, ich sei in sie verliebt? Das denkt nämlich der Tropf von Doktor. Nein, ich habe sie nie geliebt. Ihre lachende Miene unterhielt mich. Ihre weiße Haut zu sehen, machte mir Freude ... Das ist alles, was gut an ihr ist, die Haut besonders, von Hirn keine Spur. Nie hab ich in ihr etwas anderes als eine hübsche Puppe gesehn, die man gern betrachtet, wenn man sich langweilt und kein neues Buch hat ... Zweifelsohne muß man sie eine Schönheit nennen... Ihre Haut ist wunderbar!... Herr Professor, das Blut, das unter dieser Haut fließt, muß besser sein als das eines Pferdes! ... was meinen Sie dazu?« Und er brach in ein Gelächter aus, doch war's unangenehm, dies Lachen zu hören.

Am folgenden Morgen verabschiedete ich mich von ihm, um meine Forschungen im Norden des Palatinats fortzusetzen.

VII.

Sie währten etwa zwei Monate, und ich kann sagen, daß es in Samogitien kaum ein Dorf gibt, wo ich mich nicht aufgehalten oder einige Dokumente gesammelt habe. Es sei mir erlaubt, diese Gelegenheit zu benutzen, um den Bewohnern dieser Provinz, und besonders den Herren Geistlichen für die mir gewährte, wirklich zuvorkommende Unterstützung bei meinen Nachforschungen und für die trefflichen Bereicherungen meines Wörterbuches zu danken.

Nach einem achttägigen Aufenthalt in Szawle hatte ich mir vorgenommen, mich in Klaupeda (einem Hafen, den wir Memel nennen) einzuschiffen, um nach Hause zurückzukehren, als ich folgenden Brief des Grafen Szemioth erhielt, der durch einen seiner Jäger überbracht wurde:

Lieber Herr Professor!

Erlauben Sie mir, Ihnen deutsch zu schreiben. Wenn ich Ihnen shmudisch schriebe, würde ich noch mehr Sprachfehler machen, und Sie würden alle Achtung vor mir verlieren. Ich weiß nicht, ob Sie ihrer schon viel vor mir haben, und die Nachricht, die ich Ihnen mitzuteilen habe, wird sie vielleicht nicht vermehren. Ohne weitere Umschweife, ich verheirate mich und Sie erraten wohl mit wem. »Jupiter lacht der Schwüre der Verliebten.« Dasselbe tut Pirkuns, unser samogitischer Jupiter. Ich heirate also Fräulein Julchen Iwinska am achten des nächsten Monats. Der liebenswürdigste der Männer würden Sie sein, wenn Sie der Feier beiwohnen wollten. Alle Bauern von Medintiltas und der umliegenden Ortschaften werden einige Ochsen und zahllose Schweine bei mir vertilgen, und wenn sie trunken sind, sollen sie auf der Wiese rechts von der Ihnen bekannten Allee tanzen. Da werden Sie Ihrer Beachtung würdige Trachten und Gebräuche sehen. Mir und auch Julchen würden Sie die größte Freude, bereiten. Hinzu muß ich fügen, daß Ihre Absage uns in die traurigste Verlegenheit bringen würde, wie Sie wissen, bin ich Protestant, und meine Braut desgleichen; unser Prediger nun, der einige dreißig Meilen weit fort wohnt, ist gichtlahm, und ich habe zu hoffen gewagt, daß Sie an seiner Statt amtieren würden. Ich bin, mein lieber Professor,

Ihr sehr ergebener

Michael Szemioth.

In Postscriptumform hatte man unter dem Briefe mit ziemlich hübscher weiblicher Hand shmudisch hinzugefügt:

»Ich, Lithauens Muse, schreibe shmudisch. Michael ist empörend, an Ihrer Billigung zu zweifeln. Tatsächlich bin nur ich so närrisch, einen Jungen wie ihn zu nehmen. Am achten nächsten Monats sollen Sie, Herr Professor, eine ziemlich »schicke« Braut sehen. Das ist kein shmudischer, sondern ein französischer Ausdruck. Seien Sie nur nicht während der Trauung zerstreut!«

Weder Brief noch Postscriptum gefielen mir. Ich fand, daß das Brautpaar bei solch feierlicher Gelegenheit eine unverzeihliche Leichtfertigkeit zeigte. Doch wie absagen? Ich muß noch zugeben, daß das angekündigte Schauspiel mich fortwährend in Versuchung führte. Allem Anscheine nach würde ich unter den vielen auf Schloß Medintiltas vereinigten Adelleuten unterrichtete Männer finden, die mir nützliche Aufschlüsse geben konnten. Mein shmudisches Wörterbuch war sehr reichhaltig; der Sinn einer bestimmten Wörterzahl aber, die ich aus plumpem Bauernmunde vernommen hatte, blieb für mich noch in eine relative Dunkelheit eingehüllt. All diese vereinten Überlegungen besaßen Kraft genug, mich zu verpflichten, des Grafen Bitte Folge zu leisten, und ich antwortete ihm, am Morgen des achten würde ich in Medintiltas sein.

Wie oft hab ich das zu bereuen gehabt!

Als ich die Schloßallee betrat, sah ich eine stattliche Menge Herren und Damen in Vormittagskleidung in Gruppen auf der Freitreppe oder in den Parkgängen umherwandeln. Der Hof war voller sonntäglich geputzter Bauern. Das Schloß hatte ein festliches Aussehn; überall gab's Blumen, Guirlanden, Fahnen und Fruchtgewinde. Der Intendant führte mich in das für mich hergerichtete Erdgeschoßzimmer, und bat mich um Entschuldigung, mir kein schöneres anbieten zu können. Aber es wären soviel Leute im Schlosse, daß man mir unmöglich das bei meinem ersten Aufenthalte von mir bewohnte Zimmer hätte aufheben können. Es wäre für die Frau des Adelsmarschalls bestimmt; mein neues Zimmer sei übrigens sehr schicklich, habe den Blick auf den Park und liege unter des Grafen

Gemächern. Ich zog mich schnell für die Trauung an, doch weder der Graf noch seine Braut erschienen. Der Graf wollte sie in Dowghielly abholen. Schon lange hätten sie ankommen müssen; doch eine Brauttoilette ist keine kleine Sache, und der Doktor verkündigte den Gästen, daß, da das Frühstück erst nach der kirchlichen Feier stattfände, hungrige Mägen gut daran tun würden, an einem gewissen mit Kuchen und allen Arten von Schnäpsen bestellten Buffet ihre Vorsichtsmaßregeln zu treffen. Bei dieser Gelegenheit bemerkte ich, wie sehr warten die Schmähsucht herausfordert; zwei Mütter hübscher zur Feier eingeladener junger Mädchen waren unerschöpflich in Epigrammen auf die Braut.

Mittag war vorbei, als Böller- und Büchsenschüsse ihre Ankunft anzeigten und bald nachher fuhr ein Galawagen, der von vier prachtvollen Pferden gezogen wurde, in die Allee ein. Schaum bedeckte ihre Brust; leicht war zu sehen, daß die Verzögerung nicht auf ihr Konto kam. In dem Wagen saßen nur die Braut, Frau Dowghiello und der Graf. Er stieg aus und reichte Frau Dowghiello die Hand. Fräulein Iwinska machte mit einer Bewegung voller Anmut und kindlicher Koketterie Miene, sich unter ihrem Schleier zu verbergen, um den neugierigen Blicken, die sie auf allen Seiten umgaben, zu entgehn. Dennoch stand sie im Wagen auf und wollte des Grafen Hand nehmen, als die Deichselpferde, durch den Blumenregen vielleicht erschreckt, den die Bauern auf die Braut niedergehen ließen, vielleicht auch unter dem Eindrucke jener seltsamen Furcht, die der Graf Tieren einjagte, schnaubend sich aufbäumten. Ein Rad stieß an den Prellstein unten an der Freitreppe und einen Moment konnte man an ein Unglück glauben.

Fräulein Iwinska stieß einen leichten Schrei aus ... Bald war alles wieder beruhigt.

Der Graf nahm sie in seine Arme und trug sie ebenso leicht, wie wenn er eine Taube hielte, bis oben auf die Freitreppe, wir alle applaudierten zu seiner Gewandtheit und ritterlichen Galanterie. Die Bauern brüllten furchtbare Vivats, die hocherrötete Braut lachte und zitterte zugleich. Der Graf hatte es durchaus nicht eilig, sich seiner reizenden Last zu entledigen und schien sie der ihn umgebenden Menge im Triumphe zeigen zu wollen...

Plötzlich erschien, ohne daß man gewußt hätte, woher sie kam, eine hochgewachsene, bleiche, magere Frau in unordentlichen Kleidern, mit aufgelösten Haaren und angstverkrampften Zügen oben auf der Freitreppe.

»Der Bär!« schrie sie mit durchdringender Stimme; »der Bär! Gewehre! ... Er schleppt ein Weib weg! Tötet ihn! Feuer! Feuer!«

Es war die Gräfin. Das Kommen der Braut hatte alle Welt auf die Freitreppe, in den Hof oder an die Schloßfenster gelockt. Die Frauen selber, welche die arme Irre bewachten, hatten ihre Weisungen vergessen; sie war entwischt, und ohne von jemandem bemerkt zu werden, mitten unter uns geraten. Es war eine sehr peinliche Szene. Trotz ihres Widerstandes und ihrer Schreie mußte man sie forttragen, viele der Gäste kannten ihre Krankheit nicht. Man mußte ihnen Erklärungen geben. Lange flüsterte man leise. Alle hatten betrübte Gesichter. »Ein übles Vorzeichen!« sagten die abergläubischen Leute, deren Zahl nicht klein ist in Lithauen.

Inzwischen erbat sich Fräulein Iwinska fünf Minuten, um sich zu putzen und den Brautschleier umzulegen, eine Handlung, die eine geschlagene Stunde dauerte. Das war mehr Zeit, als erforderlich sein konnte, um den Leuten, die von der Gräfin Krankheit nichts wußten, Ursache und Einzelheiten mitzuteilen.

Endlich erschien die Braut in herrlichem Staate und mit Diamanten besät wieder. Ihre Tante stellte sie allen Gästen vor. Und als dann der Augenblick des In-die-Kapelle-Schreitens gekommen war, verabreichte Frau Dowghiello zu meiner höchsten Überraschung in Anwesenheit der ganzen Gesellschaft ihrer Nichte eine so kräftige Ohrfeige, daß alle, die irgendwie abgelenkt waren, sich umdrehten. Diese Ohrfeige ward mit vollkommenster Hingabe entgegengenommen, und niemand verwunderte sich anscheinend darüber. Nur ein schwarzgekleideter Mann schrieb etwas auf ein Papier, das er bei sich hatte, und einige der Anwesenden setzten mit der gleichgiltigsten Miene ihren Namen darunter. Erst am Ende der Feierlichkeit erfuhr ich des Rätsels Lösung. Wenn ich's erraten hätte, würde ich mich ungesäumt mit aller Macht meines geistlichen Amtes gegen solch einen häßlichen Brauch gewendet haben, der einen Scheidungsgrund herbeizuführen bezweckt, indem die Heirat angeblich nur tätlicher Gewalt zufolge, die einer der kontrahierenden Parteien gegenüber ausgeübt wird, stattfindet.

Nach dem Gottesdienst glaubte ich einige Worte an das junge Paar richten zu müssen, um ihm die Wichtigkeit und Heiligkeit des sie nun vereinigenden Bandes vor Augen zu führen. Und da mir Fräulein Iwinskas unangebrachtes Postscriptum noch auf der Seele lag, erinnerte ich sie daran, daß sie in ein neues Leben trete, das nicht mehr aus Vergnügungen und Jugendfreuden bestünde, sondern voller ernster Pflichten und schwerer Prüfungen wäre. Dieser Teil meiner Ansprache wirkte scheinbar auf die Braut und alle deutsch verstehenden Anwesenden stark.

Flintensalven und Freudengeschrei empfingen den Zug beim Verlassen der Kapelle auf dem Wege in den Speisesaal. Das Mahl war köstlich, der Appetit sehr gereizt und anfangs hörte man nur Messer- und Gabelklappern. Mit Hilfe von Champagner und Ungarwein hub man bald zu plaudern, zu lachen und selbst zu schreien an. Mit Begeisterung wurde auf das Wohl der Jungvermählten getrunken. Kaum hatte man sich wieder gesetzt, als ein alter Panie mit weißem Schnurrbart sich erhob und mit fürchterlicher Stimme rief:

»Voller Schmerz seh' ich, daß unsere alten Bräuche verschwinden. Nimmer würden unsere Väter diesen Trinkspruch mit Kristallgläsern ausgebracht haben. Wir tranken aus den Brautpantöffelchen oder gar aus den Schuhen der Braut, denn zu meiner Zeit trugen die Damen rote Maroquinlederschuhe. Zeigen wir, Freunde, daß wir noch echte Lithauer sind. – Und Du, gnädige Frau, geruhe mir Deinen Schuh zu geben.«

Errötend, mit leisem, unterdrücktem Lächeln antwortete ihm die Neuvermählte:

»Komm, hol ihn Dir, Herr; ... mit Deinem Stiefel werd' ich Dir aber nicht Bescheid tun.«

Der Panie ließ sich das nicht zweimal sagen.

Galant ließ er sich aufs Knie nieder, nahm ihr einen weißen Atlasschuh mit roten Absätzen fort, füllte ihn mit Champagner und trank so schnell und so geschickt, daß nicht mehr als die Hälfte davon über seine Kleider rann. Der Schuh ging von Hand zu Hand, und alle Männer tranken, jedoch nicht ohne Mühe, daraus.

Der alte Edelmann beanspruchte den Schuh als kostbare Reliquie und Frau Dowghiello ließ eine Kammerfrau kommen, um die Plünderung der bräutlichen Toilette wieder ausgleichen zu lassen.

Diesem Toast folgten viele andere, und bald wurden die Gäste so lärmend, daß mir ein Verweilen unter ihnen nicht mehr schicklich erschien. Ohne daß jemand acht auf mich gab, verschwand ich von der Tafel und wollte außerhalb des Schlosses frische Luft schöpfen; fand aber dort ein noch weniger erbauliches Schauspiel vor. Die Diener und Bauern, die Bier und Schnaps nach Belieben erhalten hatten, waren in der Mehrzahl schon betrunken; Streit und blutige Köpfe hatte es dort gegeben. Da und dort auf der Wiese wälzten sich sinnlos betrunkene Leute, und der Hauptanblick des Festes sah sehr nach Schlachtfeld aus. Es würde mich schon gereizt haben, die Volkstänze aus der Nähe zu sehen, die meisten aber wurden von unverschämten Zigeunerinnen ausgeführt, und ich hielt es nicht für wohlanständig, mich in den Wirrwarr zu wagen. Ging also in mein Zimmer, las einige Zeit, kleidete mich dann aus und schlief bald ein.

Als ich aufwachte, schlug die Schloßuhr drei. Die Nacht war hell, wiewohl der Mond durch leichten Nebel ein wenig verschleiert ward. Ich versuchte wiedereinzuschlafen, es gelang mir aber nicht. Meinem Brauche bei ähnlichen Gelegenheiten gemäß, wollte ich ein Buch vornehmen und studieren, konnte aber die Zündhölzer nicht in meiner Reichweite finden. Ich stand auf und tastete im Zimmer umher, als ein sehr großer, schwerer Körper an meinem Fenster vorbeiglitt und mit dumpfem Geräusch in den Garten fiel. Mein erster Eindruck war, es sei ein Mensch; und ich glaubte, einer unserer Trunkenbolde sei aus dem Fenster gestürzt. Ich machte meines auf und schaute hinaus; sah aber nichts. Endlich zündete ich eine Kerze an und ging, nachdem ich mich wieder hingelegt hatte, mein Wörterbuch bis zu dem Augenblicke durch, wo man mir meinen Tee brachte.

Gegen elf Uhr begab ich mich in den Salon, wo ich viele verschlafene Augen und müde Gesichter sah, in der Tat hörte ich, man hätte die Tafel erst sehr spät aufgehoben, weder der Graf noch die junge Gräfin hatten, sich bisher gezeigt. Nach vielen üblen Späßen fing man um halb zwölf erst ganz leise, dann recht laut zu murmeln an. Doktor Fröber, nahm es auf sich, des Grafen Kammerdiener an seines Herrn Türe klopfen zu lassen. Nach einer Viertelstunde kam der Mann etwas aufgeregt zurück und berichtete Doktor Fröber, mehr als ein Dutzend Mal habe er angeklopft, ohne eine Antwort zu erhalten, wir berieten uns, Frau Dowghiello, der Doktor und ich. Des Kammerdieners Unruhe hatte mich angesteckt. Alle drei gingen wir mit ihm hinauf, vor der Türe fanden wir ganz verstört der jungen Gräfin Kammerfrau, die versicherte, ein Unglück müsse geschehen sein, denn der gnädigen Frau Fenster stehe sperrangelweit auf. Mit Entsetzen erinnerte ich mich des schweren Körpers, der an meinem Fenster heruntergefallen war. wir klopften laut an. Keine Antwort. Endlich brachte der Kammerdiener eine Eisenstange und wir brachen die Tür auf ... Nein! der Mut fehlt mir, das Schauspiel, das sich unseren Blicken bot, zu beschreiben ... Die junge Gräfin lag tot in ihrem Bette ausgestreckt, das Gesicht furchtbar zerfleischt, der Busen entblößt und mit Blut benetzt. Der Graf war verschwunden und niemand hat seitdem etwas von ihm gehört.

Der Doktor beschaute sich die gräßlichen Verletzungen der jungen Frau.

»Keine Stahlklinge,« rief er, »hat die Wunde beigebracht ... Das ist ein Biß!«

Der Professor klappte sein Buch zu und blickte mit nachdenklicher Miene ins Feuer.

»Und die Geschichte ist aus?« fragte Adelaide.

»Aus!« antwortete der Professor mit trauriger Stimme.

»Warum aber,« fuhr sie fort, »haben Sie sie Lokis genannt? Nicht eine der Personen hieß so.«

»Das ist kein Menschenname,« sagte der Professor. – »Nun, Theodor, wissen Sie, was Lokis heißen soll?«

»Ich habe nicht die blasseste Ahnung.«

»Wenn Sie sich das Umbildungsgesetz vom Sanskrit zum Lithauischen ordentlich eingeprägt hätten, würden Sie in Lokis das Sanskritwort arkscha oder rikscha erkannt haben. Im Lithauischen heißt das Tier, welches die Griechen αρχοσ, die Römer ursus und die Deutschen Bär nennen, lokis.

Jetzt verstehen Sie das Epigramm:

Miszka su Lokiu Abu du tokiu.

Sie wissen, daß im Fuchsroman der Bär Dominus Braunbart heißt. Bei den Slaven nennt man ihn Michael, Miszka lithauisch, und dieser Beiname ersetzt beinahe stets den Gattungsnamen Lokis. Ebenso haben die Franzosen ihr neu lateinisches Wort goupil oder gorpil vergessen, um es durch renard zu ersetzen. Viele andere Beispiele könnt ich noch anführen ...«

Adelaide aber warf ein, es sei spät und man trennte sich.

Über tredition

Eigenes Buch veröffentlichen

tredition wurde 2006 in Hamburg gegründet und hat seither mehrere tausend Buchtitel veröffentlicht. Autoren veröffentlichen in wenigen leichten Schritten gedruckte Bücher, e-Books und audio-Books. tredition hat das Ziel, die beste und fairste Veröffentlichungsmöglichkeit für Autoren zu bieten.

tredition wurde mit der Erkenntnis gegründet, dass nur etwa jedes 200. bei Verlagen eingereichte Manuskript veröffentlicht wird. Dabei hat jedes Buch seinen Markt, also seine Leser. tredition sorgt dafür, dass für jedes Buch die Leserschaft auch erreicht wird.

Im einzigartigen Literatur-Netzwerk von tredition bieten zahlreiche Literatur-Partner (das sind Lektoren, Übersetzer, Hörbuchsprecher und Illustratoren) ihre Dienstleistung an, um Manuskripte zu verbessern oder die Vielfalt zu erhöhen. Autoren vereinbaren direkt mit den Literatur-Partnern die Konditionen ihrer Zusammenarbeit und partizipieren gemeinsam am Erfolg des Buches.

Das gesamte Verlagsprogramm von tredition ist bei allen stationären Buchhandlungen und Online-Buchhändlern wie z. B. Amazon erhältlich. e-Books stehen bei den führenden Online-Portalen (z. B. iBookstore von Apple oder Kindle von Amazon) zum Verkauf.

Einfach leicht ein Buch veröffentlichen: **www.tredition.de**

Eigene Buchreihe oder eigenen Verlag gründen

Seit 2009 bietet tredition sein Verlagskonzept auch als sogenanntes "White-Label" an. Das bedeutet, dass andere Unternehmen, Institutionen und Personen risikofrei und unkompliziert selbst zum Herausgeber von Büchern und Buchreihen unter eigener Marke werden können. tredition übernimmt dabei das komplette Herstellungs- und Distributionsrisiko.

Zahlreiche Zeitschriften-, Zeitungs- und Buchverlage, Universitäten, Forschungseinrichtungen u.v.m. nutzen diese Dienstleistung von tredition, um unter eigener Marke ohne Risiko Bücher zu verlegen.

Alle Informationen im Internet: **www.tredition.de/fuer-verlage**

tredition wurde mit mehreren Innovationspreisen ausgezeichnet, u. a. mit dem Webfuture Award und dem Innovationspreis der Buch Digitale.

tredition ist Mitglied im Börsenverein des Deutschen Buchhandels.

Dieses Werk elektronisch lesen

Dieses Werk ist Teil der Gutenberg-DE Edition DVD. Diese enthält das komplette Archiv des Projekt Gutenberg-DE. Die DVD ist im Internet erhältlich auf **http://gutenbergshop.abc.de**